이것이 법이다 170

2023년 10월 18일 초판 1쇄 인쇄
2023년 10월 23일 초판 1쇄 발행

지은이 자카예프
발행인 강준규

기획 이기헌 왕소현 임동관 박경무 강민구 조익현
책임편집 최전경
마케팅지원 이원선

발행처 (주)로크미디어
출판등록 2003년 3월 24일
주소 서울시 마포구 마포대로 45 일진빌딩 6층
Tel (02)3273-5135 Fax (02)3273-5134
홈페이지 rokmedia.com E-mail rokmedia@empas.com

값 9,000원

ISBN 979-11-408-1345-2 (170권)
ISBN 979-11-255-9575-5 04810 (세트)

이것이 법이다

170

자카예프 장편소설

로크미디어

CONTENTS

지식의 가치

학력 위조는 한국에서 심각한 문제다.

정확히는, 높은 분들에게는 별거 아닌 문제이지만 아래에서는 심각하게 받아들인다.

높은 분들이야 자기들은 뭔 짓을 해도 된다고 생각하는 사람들이 많으니까.

하지만 보통 사람에게 학력 위조는 아주 심각하게 받아들여진다. 특히나 교육 쪽이라면 더더욱 그렇다.

"저희 새론에서는 원광소 씨를 학력 위조 혐의로 고발하기로 했습니다."

"학력 위조?"

"아니, 불똥이 왜 거기로?"

기자들은 노형진의 말에 서로 수군거리기 시작했다.

"원광소 씨에 대한 제보가 들어왔습니다. 한국대학교 측에 제공한 학력과 실제 최종 학력이 다르다고 하더군요."

"진짜로 학력 위조를 한 겁니까?"

"아마도 그럴 거라 생각하고 있습니다."

'사실 아마도가 아니지.'

이미 검증은 끝났다.

다만 새론이 사람의 뒷조사를 하는 건 어찌 되었건 불법의 영역에 들어간다. 수사권은 경찰과 검찰에만 있으니까.

그러니 자신들이 할 수 있는 최선의 행동은 바로 제보가 들어왔다면서 고발하는 것뿐이다.

물론 법적으로 그렇다는 거고, 노형진의 스타일상 단순히 고발을 하는 정도로 상대방을 용서할 생각은 전혀 없었다.

더군다나 이미 반성할 기회를 줬음에도 불구하고 그걸 거절한 사람에게는 더더욱 그럴 이유가 없다.

"그리고 그 과정에서 한국대학교에 부당한 일이 벌어졌을 가능성이 높습니다."

"부당한 일?"

"상식적으로 그렇지 않습니까? 일반 사립 중고등학교도 아닌 한국 최고의 명문대인 한국대학교에 정교수로 들어가는 일입니다."

돌려 말하기는 했지만 이것만은 확실하다.

외부에서는 원광소의 상황이 말도 안 되어 보인다는 것.

한국대라는 타이틀은 한국에서 절대적인 위력을 발휘한다.

한국대라는 이름만 달고 있으면 거의 대부분의 회사의 서류 전형은 프리패스라고 봐도 무방하다.

'그런 곳에서 아무리 교양이라고 해도 정교수 하는 게 쉽지는 않지. 도리어 교양이니까 더 어렵지.'

한국대도 교양 교수들을 모아 둔 교양 대학을 따로 두고 관리하지만 사실 교양 교수들은 대부분 정교수가 아니라 소위 말하는 시간제 강사다.

정교수인 사람이 없는 것은 아니지만 그 사람들은 교양이 아닌 다른 학과의 정교수로, 학교의 부탁에 따라 시간을 내서 교양 수업을 해 준다.

그런데 굳이 원광소만 교양 정교수로 뽑아서 근무하게 해 줄 리가 없다.

'일반적인 대학의 상황을 감안하면 가능성이 그리 높지 않지.'

더군다나 학력 위조를 심사 과정에서 걸러 내지 못했다는 것은 누군가 힘을 크게 썼다는 걸 의미한다.

학력 위조는 사실 걸러내는 게 너무 쉬운 범죄다.

그냥 해당 학교에 공문 하나 보내면 그만이고, 그마저도 귀찮다면 전화 한 통만 해도 되는 일이니까.

사람들은 학력 위조라고 하면 대부분 개인의 속임수에 의한 범죄라고 생각하지만 사실상 개인이 학교를 속이는 범죄라기보다는 학교가 그 대상을 보호하는 집단범죄라고 보는 게 맞다.

특히나 일반 직원 고용도 아니고 교수의 선임을 하는 학교에서 그걸 검증하지 않는다는 건 말이 안 된다.

"부당한 일을 저지른 사람을 한국을 대표하는 대학에 놔두는 것은 말도 안 되는 일이지요."

노형진은 단호하게 말했고, 기자들은 그 말에 동의하는 듯 고개를 끄덕거렸다.

⚖️

"이게 무슨……."

이원술은 정신이 아득해졌다.

솔직히 자존심 때문에 노형진을 들이받기는 했다.

만일 노형진이 원광소만 건드리고 자신은 건드리지 않았다면 그렇게 들이받지는 않았을 거다.

하지만 노형진은 이원술에게 책임질 것을 강요했고, 권력자답게 책임지는 것에 극도의 혐오감을 가지고 있던 이원술은 자신도 모르게 욱해서 노형진을 들이받았다.

그러면서 한편으로는 기업과 학문의 경계가 엄한데 자신한테 뭔 짓을 하겠느냐는 생각을 했다.

사실 틀린 말은 아니었다.

대룡도 이런 일을 핑계로 장학금을 끊을 수는 없을 테니까.

"뇌물…… 뇌물."

당연히 뇌물은 전혀 생각하지도 못했다.

사실 뇌물에 대해서는 이원술도 전혀 모르고 있었다.

애초에 원광소가 정교수가 된 건 이원술이 총장이 되기 이전이었으니까.

"미치겠네."

그는 펄쩍 뛸 수밖에 없었다.

학교의 명예를 위해 대룡을 들이받았는데 그 바람에 학교의 명예가 시궁창에 처박혔기 때문이다.

─이야, 역시. 대한민국의 미래가 궁금하면 한국대학교를 보라더니만 딱 맞네.

─지금 그 말이 맞다는 거임?

─맞는 거 아닌가요? 한국대학교가 저 지랄이니까 한국도 이 지랄이지.

─여윽시 헬조선 불반도 어디 안 가죠?

─이야, 헬조선 오랜만에 들어 보네.

─교수님 합격은 이원술 뭐 그런 건가?

"씨팔! 내가 고용한 거 아니라고!"

고고한 척하던 이원술의 입에서도 욕이 절로 튀어나올 수밖에 없었다.

총장으로서의 품격이니 뭐니 하는 건 이미 중요한 게 아니었다.

그 순간 문이 열리고 들어오는 사람들.

그들을 본 이원술은 이빨을 드러냈다.

"이거 어떻게 된 겁니까!"

"……."

"검증 시스템이 대체 어떻게 된 거예요?"

자신이 뽑은 건 아니지만 자신의 대학에서 문제가 터졌으니 당연히 자신이 독박을 써야 한다.

"경영대 학장, 말해 봐요! 도대체 어떻게 된 건지."

그 말에 경영대 학장은 손발을 부들부들 떨었다.

그럴 수밖에 없는 게, 그녀가 생각해도 이건 어떻게 덮을 수가 없는 상황이었던 것이다.

"그게, 제 사촌 동생이 그냥 열심히 하다 보니……."

"야."

그 순간 이원술의 입에서 반말이 튀어나왔다.

"지금 내가 병신으로 보이냐?"

"총장님?"

"총장? 이 상황에서 총장님이라는 말이 나와? 네가 지금 내 인생 조져 놨어. 그런데 총장님?"

과연 다음 선거에서 자신이 총장직을 연임할 수 있을까?

불가능하다. 당연히 모가지가 날아갈 거다.

아니, 그 정도가 아니라 교수직조차 지킬 수 있을지 불확실해졌다.

"그게 다 내 잘못도 아닌 네년 잘못인데, 뭐? 열심히? 열심히 뭐? 열심히 뇌물 주고 세탁했냐?"

"……."

"학력 위조? 미친! 학력 위조?"

학력 위조도 쉬운 일이 아니다.

하물며 교수가 되기 위해 학력을 위조하는 건 더더욱 힘들다.

왜냐하면 제출한 이력서만 보고 교수를 뽑을 리 없기 때문이다.

이력서를 내면 당연히 출신 학교에 전화해서 확인하고, 그가 낸 논문에 대한 검증도 한다.

학력 위조 사건이 한두 번 터진 것도 아니기에 어떤 학교든 간에 교수를 고용하는 데 있어서 검증은 기본으로 거치도록 되어 있다.

"그런데 왜 그게 제대로 안 굴러갔냐?"

그게 문제다.

소위 지잡대라고 비하받는, 알려지지도 않은 지방대에서도 교수를 고용하는 데 있어서 최소한의 검증을 하는데, 한국대의 검증 시스템이 안 먹혔다?

"그 검증 시스템에 관련된 사람이 한둘이 아닐 텐데?"

"……."

문제는 검증 과정에 여러 사람이 관여한다는 거다.

일단 역사 쪽이니까 그쪽 교수가 붙고, 교양 쪽이니까 당연히 교양 대학 담당 교수가 붙는다.

논문 역시 혹시 모르기 때문에 검증을 위해 논문 검증 프로그램으로 위변조나 표절을 검사한다.

즉, 제대로 검증을 했다면 원광소는 절대로 한국대의 교수가 될 수 없는 구조다.

'제대로 했다면' 말이다.

"도대체 얼마나 먹인 거야?"

"……."

"솔직하게 말 안 해?"

그 말에 경영대 학장이 무릎을 꿇었다.

교수들끼리라 자존심 상하는 일이었지만 이제는 너무나도 답이 없는 상황이었으니까.

"죄송합니다. 제가 한순간 눈이 멀어서……."

"얼마나 먹였어!"

"다 해서 6억…… 정도."

"6억? 지금 6억이라고 했어?"

"그게……."

원래 계획은 한국대 교양 교수가 되는 게 아니었다고 변명하기 시작하는 경영대 학장.

그녀의 말에 따르면 한국대 교양 교수 경력을 기반으로 지방대의 역사학과에 들어가려고 했단다.

지방대 역사학과를 선택하는 대부분의 학생들은 역사에 대한 관심보다는 점수가 맞아서 선택하는 경우가 많아 수업 내용에 그리 관심이 없어서, 교수의 경력이나 실력이 들킬 가능성이 낮기 때문이다.

그래서 그 타이틀을 위해 한국대 역사 교양 정교수라는 말도 안 되는 자리를 만들어 준 것.

"미친 새끼들이."

그런데 그렇게 다른 곳의 역사 정교수로 가기 직전 갑자기 언론에 연예인이나 교수와 관련하여 몇 건의 학력 위조 사건이 연달아 터지면서 일이 커지자, 본래 받아 주기로 했던 역사학과 측에서 부담스러워하며 원광소의 임용을 거절했다는 것.

"그래서 우리 학교에 그냥 죽치고 있었다?"

"네⋯⋯."

"어어억!"

그 말에 이원술은 뒷목을 잡고 쓰러질 뻔했다.

'이걸 어쩌라는 거야?'

지방대 학사 출신의 교수가 한국대 교수로 재직하다니. 이게 무슨 창피란 말인가?

"원광소 그 새끼는 어디 갔어!"

"그게⋯⋯ 당분간은 집에서 근신하겠다고⋯⋯."

"근신? 지금 근신이라고 했어? 도피겠지!"

이게 근신으로 해결될 문제인가?

이원술이 분노에 차 소리를 버럭 지르는 순간 직원 한 명이 안으로 들어왔다.

"총장님, 큰일 났습니다."

"큰일? 무슨 큰일? 이 일보다 더 큰 일이 있어?"

"학생회가 들고일어났습니다!"

"뭐?"

그 말에 이원술은 정신이 아득해졌다.

⚖️

"모든 대학에는 학생회가 있지. 그리고 학생회는 학교마다 좀 파워가 다르지."

한국대학교의 교정을 걸으면서 노형진은 여유를 즐겼다.

비록 이번 생에서는 아니지만 지난 삶에서는 한국대생이었기에 이렇게 걷고 있자니 문득 과거가 생각났다.

'그때가 좋았나? 아니다. 그때도 공부만 했네. 연애도 하고 그럴걸. 그랬으면 결혼에 실패하지 않았을지도.'

노형진이 멍하니 생각에 잠겨 있자 옆에서 함께 걷고 있던 유영민이 불렀다.

"형, 뭘 그렇게 생각해요?"

이것이 법이다

"응? 아니, 그냥 옛날 생각. 하여간 중요한 건 그거야. 학생회는 의외로 힘이 있는 조직이라는 것."

고등학교까지의 학생회는 사실상 유명무실한 조직이다.

이름만 학생회인 거지 실제로는 권력자 집안의 자식이 대학에 갈 때 일종의 가산점을 받게 해 주기 위해 운영되는 경우가 많다.

실제로 선거에서 뽑힌 학생회장을 교장이 임의로 자르고 부잣집 도련님을 학생회장으로 앉힌 적도 있을 정도로, 초중고등학교의 학생회는 점수를 위한 조직 그 이상도 그 이하도 아니다.

"하지만 대학부터는 다르지."

각 대학마다 다르기는 하지만 다들 어느 정도 파워를 자랑하고 있다.

"한국대학교는 그중에서도 파워가 엄청 강해."

"그건 그렇죠."

당연한 게, 일단 한국대학교라는 곳 자체가 한국의 수재들을 모아 둔 곳이라 그들의 집단 지성도 무시할 게 못 되기 때문이다.

더군다나 한국에서 좋은 대학에 가기 위해서는 그에 준하는 지원이 필수인 게 현실.

실제로 한국대학교에 다니는 학생 중 상당수는 집안이 매우 좋은 편이다.

특히나 한국대학교의 학생회 출신은 정치권과 연결되는 경우가 엄청나게 많아서, 정치에 관심이 있는 집안이라면 사비를 들여서라도 한국대 학생회에 자식을 넣으려고 노력한다.

　"더군다나 학생회라는 건 여유가 상당히 많이 필요한 활동이거든."

　진짜로 힘들게 대학에 들어온, 자수성가한 학생이 없는 건 아니지만 그들에게 중요한 건 좋은 학점과 미래에 대한 대비다. 그래야 좋은 회사에 취업을 할 수 있으니까.

　하지만 부잣집 아이들은 아니다. 이미 돈도, 권력도 충분하다.

　"그런 세상에서 중요한 건 바로 인맥이지."

　학생회는 그런 부잣집 도련님들이 인맥 만들기에 너무나도 좋은 공간이다.

　당연히 그곳에 모여 있는 높은 집안의 자제분들은 좋은 인맥을 만들기 위해 서로 으쌰으쌰한다.

　"그리고 네가 바로 그 인맥의 끝판왕 아니겠어?"

　노형진은 유영민을 보면서 피식 웃었다.

　"그것도 절대적으로 친해지고 싶은 존재."

　"그래도 저는 설마 학생회도 엮으실 줄은 몰랐어요."

　"사실 말이야, 이런 문제는 나한테까지 오면 안 되는 거야."

　이 정도 문제는 학생회 선에서 항의하고 해결했어야 한다. 그랬어야 정상이다.

그러기 위한 학생회가 아닌가?

"하지만 자기들 딴에는 상관없다고 생각했겠지."

어차피 자기들이 피해 보는 건 없으니까. 그러니까 모른 척했을 거다.

"그래서 제가 가서 도움을 요청하라고 한 거예요?"

"그래, 맞아."

유영민은 학생 자격으로 학생회에 찾아가 이번 사태에 대해 도움을 요청했다.

"너는 한국대학교 학생의 자격으로 갔겠지만 학생회에서 보는 너라는 존재는 대룡그룹의 유일한 후계자지."

그 상황에서 유영민을 쌩깐다?

"아마 학생회가 통째로 날아가도 이상하지 않을걸."

"쩝."

노형진의 말대로 유영민은 학생의 입장에서 도움을 요청했을 뿐이지만 그 결과는 지금까지와는 너무나 달랐다.

"그리고 그 결과가 이거지."

'대자보'.

사실 한국에서 대자보 문화는 많이 사라졌다.

애초에 대자보라는 것 자체가 학생들에게 알릴 만한 다른 방법이 없는 상황에서 쓰이던 수단이었기 때문에 지금처럼 인터넷에 이메일에 톡까지 알릴 방법이 다양한 세상에서는 그다지 효과적인 방법이 아니다.

"하지만 그렇기 때문에 의외로 이슈가 되는 거지."

내용은 간단했지만 충격적이기도 했다.

'스승의 은혜는 죽었다.'라는 말로 시작된 대자보의 내용은 간단명료했다.

한국대의 교수 검증 시스템이 붕괴된 상황에서 현재 교수들의 실력과 그들에 대한 믿음이 무너졌으니 전면적인 검증이 필요하다는 내용.

"의외네요. 이 정도로 극렬하게 나설 거라고는 생각도 못했는데."

아무리 학생회가 학생들의 모임이라 해도 학교 측과 싸우려고 하지는 않는다.

그런데 이건 대놓고 학교, 아니 교수들에게 '너희들 못 믿겠으니까 다들 신상 좀 까 봐.'라고 하는 수준이다.

"너니까."

"네?"

"교수는 여기서만 교수일 뿐이야. 나가면 의미가 없지. 하지만 항의한 사람이 다른 사람도 아닌 너잖아."

유영민은 사회에서 갑이다. 그런 상황에서 어설프게 교수 편들어 주다가 유영민의 눈 밖에 나기라도 하면 어떻게 되겠는가?

"음……."

그 말을 들은 유영민이 갑자기 씁쓸한 표정을 지었다.

"왜 그래?"

"아니, 그냥 이런 건 나쁜 짓이 아닌가 싶어서요."

"뭐가?"

"이게 갑질 아닌가요?"

"이건 갑질이 아니야. 자기 힘을 올바르게 쓰는 법일 뿐이지."

"올바르게 쓴다고요?"

"그래."

노형진은 유영민의 말에 머리를 긁적거렸다.

하긴 자신이 절대적 갑이라는 느낌을 제대로 받아 본 적이 없으니 지닌 힘을 쓰는 것을 조심스러워할 수밖에 없을 것이다.

하지만 그렇기에 더더욱 유영민은 자신의 힘에 대해 잘 알아야 한다.

"사람들이 종종 이런 말을 하지. '계급장 떼고 붙어 보자.'."

"네, 그런 말 들어 본 적 있어요."

"솔직히 말해서 그게 가능할 것 같냐?"

"불가능하겠죠?"

"당연히 불가능하지."

계급도, 권력도, 사회적 위치도 결국 그 사람을 이루는 하나의 부분일 뿐이다.

유영민이 자신이 대룡의 후계자라는 부분을 평소 잘 어필하지 않는다고 해서 그가 대룡의 후계자라는 사실이 사라지는 것도 아니고, 반대로 그가 싸울 때 대룡 후계자의 힘을 쓴다고 해서 그게 사회를 뒤흔드는 거대한 악행이 되는 것도 아니다.

"많은 사람들이 착각하는 게 있는데, 힘이 있어도 쓰지 않는 게 무조건 정의는 아니야. 진짜 정의는 자신의 힘을 얼마나 올바르게 쓰는가에 달렸어."

"힘을 얼마나 올바르게 쓰는가."

"너 스스로 그랬잖아. 네가 아니면 누구도 이 문제에 대해 항의하지 못할 것 같아서 소송하러 찾아왔다고."

"네, 맞아요."

"그게 올바르게 쓰는 거지."

노형진의 말에 유영민은 알 것 같다는 듯 고개를 끄덕거렸다.

"힘을 과신해서도 안 되지만 자기 힘의 존재를 부정해서도 안 돼. 힘을 스스로 통제하고 그걸 올바르게 쓸 수 있어야 하는 법이야."

"네, 형. 그러면 이제 어떻게 되는 건가요?"

"교수들은 자존심이 상하겠지. 그런데 또 예민하게 굴기는 애매하거든."

"어째서요?"

"이게 틀린 말이 아니니까."

실제로 한국대학교의 인사 검증 시스템이 무너졌다는 건 원광소에 의해 증명되었다.

그 상황에서 '감히 내가 누군 줄 알고.'라고 지랄해 봐야 도리어 '나는 켕기는 게 있다.'라고 외치는 것처럼 보일 뿐이다.

"더군다나 이 대자보에는 공격 대상이 특정되지 않았어."

대자보에서 공격하는 건 교수 전부가 아니다.

'누가 한국대 아니랄까 봐 머리를 겁나 잘 썼네.'

정확한 워딩으로 '학교 내에 있을 수 있는 극히 일부의 부패 사범들 그리고 뇌물로 교수가 된 사람'이라고 특정하고 있다.

"이런 대자보에 욱한 교수들은 말이지, 잘못하면 그들과 같은 범죄자로 외부에 인식될 가능성이 높아."

"아하!"

일반적으로는 대학 내에 존재하는 교수들끼리의 인맥 때문에 다른 교수에 대한 공격을 자신에 대한 공격으로 인식하는 성향이 있긴 하다.

"하지만 지금 그러기에는 너라는 존재가 부담이 되지."

"저요?"

"응. 다른 교수에 대한 공격을 자신에게 향하는 것으로 생각하고 교수들이 방어하거나 학생회를 공격하는 게, 너에 대한 공격으로 확대해석 될 여지가 있기 때문이지."

"무슨 뜻인지 알겠네요. 제가 학생회에 도움을 요청했으니까 그렇군요."

"맞아."

총학생회는 학생 유영민에게서 도움을 요청받고, 학생 유영민을 지키기 위해 나선 것이다.

　그런데 잘못된 것을 지적했다고 총학생회를 공격한다면 그건 유영민에 대한 공격으로 비칠 거다.

　"그러면 두 집단이 총력전 상태가 되는 거지. 그런데 교수회가 과연 대룡을 이길 수 있을까?"

　"음? 힘든가요?"

　"힘들지. 물론 교수가 학교의 핵심이지. 그런데 툭 까놓고 말해서 학교의 핵심일 뿐이지 학교의 주인인 건 아니야."

　"그러면 학교의 주인은 학생인가요?"

　노형진은 그 말에 유영민을 어이가 없다는 듯 바라보았다.

　"뭔 소리래? 설마 그런 꿈같은 소리를 진심으로 하는 건 아니지?"

　"하하하."

　"학교의 주인은 당연히 재단이지."

　재단이 미쳤다고 대룡과 전면전을 하려고 하겠는가?

　당연히 재단에서는 그런 전면전은 절대로 허락하지 않는다.

　더군다나 이쪽은 피해자이며 저쪽은 범죄자라는, 명백한 명분의 한계가 있는 상황.

　그런 상황에서 대룡과 전면적으로 싸워 봐야 이기는 건 불가능하다.

　"결국 교수들도 재단의 눈치를 보면서 소극적으로 항의할 수밖에 없다는 거지."

　문제는 항의의 객체다.

　교수들이 항의야 하겠지만 추하게 학생들에게 할 수는 없다. 왜냐하면 학생회에서 한 말이 틀린 말은 아니니까.

　"그렇다고 재단에 할 수도 없지."

　엄밀하게 말하면 이 사건에서 재단은 완벽하게 제3자니까.

　"그러니까 그들 입장에서 항의할 대상은 하나뿐이야."

　"교수회 말이군요."

　"그래, 맞아."

　일을 이 지경으로 키운 교수회.

　그들에게 항의하는 게 너무나 당연한 일.

　"이원술이 우리한테 반기를 든 이유는 지지 세력을 지키기 위해서였어. 그런데 그 지지 세력이 자기를 몰아내고 싶어 한다면 어떤 기분이 되겠어? 후후후후."

⚖️

　"이 총장, 언제까지 이럴 거요?"

　교수들의 압박에 이원술은 손이 부들부들 떨렸다.

　"도대체 학교를 어떻게 운영하기에 일이 이 지경이 되었느냐 말이오!"

　"제…… 잘못이 아닙니다."

"총장의 잘못이 아니다?"

"제가 고용한 것도 아니고…….."

"그러면 지금이라도 조사를 해야지! 왜 그걸 막고 있는 거요?"

"그게…….."

이원술은 할 말이 없었다.

처음에는 그냥 자존심 때문이었다.

한국대학교는 상아탑이다. 그런 곳을 대룡이라는 자본이 마음대로 휘두르려 하는 게 기분 나빴다.

그 생각은 원광소와 똑같았지만 그는 그게 잘못되었다는 것조차도 몰랐다.

그리고 결국 원광소와 똑같은 실수를 한 것이다.

"원광소를 해직하지 않은 이유가 뭐요?"

"일단 경찰의 수사가 진행되어야…….."

원론적인 이야기.

평소라면 그에 대해 교수들도 수긍했을 것이다. 아무리 대학이라 해도, 아니 대학이기에 법과 원칙이 살아 있어야 하니까.

하지만 이미 원광소가 먼저 법과 원칙을 어기고 자존심까지 긁는 상황에서 그건 의미가 없었다.

"이미 확인해 봤소. 경찰 수사와 상관없이 학력 위조는 확실하더구먼."

"그건 그런데…….."

그걸 확인하는 게 어려운 일도 아니었다. 전화 한 통이면 되는 일이니까.

"그런데 끝까지 버티는 걸 보니 좀 받았나 본데?"

"아닙니다! 진짜로 아닙니다, 교수님들!"

자신이 총장이라지만 무시할 수 없는 원로 교수님들이다.

심지어 이 중 일부는 자신도 어쩔 수 없는 종신 재직권을 가진 분들이었다.

"원술아."

"네?"

그 순간 반말로 말을 건네는 누군가.

답하는 이원술의 목소리는 순식간에 기어들어 갔다.

그도 그럴 게, 그를 부른 사람은 다름 아닌 그의 선배였으니까.

그것도 평범한 교수 선배가 아니다. 진짜로 고등학교부터 대학교, 심지어 교수까지 같은 곳을 거치며 평생을 알고 지낸 선배였다.

"너도 알 거다. 너 자존심 상한 거 아는데, 이건 못 이겨. 이 이상 얼마나 더 학교 얼굴에 똥칠할 생각이냐."

"……."

"내려놔. 그래야 네가 살아."

"……."

"굳이 내가 이사회까지 찾아가야겠니?"

이사회까지 간다는 것.

그 말이 의미하는 건 하나뿐이었다.

재단 쪽에서 이원술에 대한 해임 이야기가 나왔다는 것.

"네게 잘못 없는 거 알아. 뇌물 받은 것도 아니고, 그렇다고 예비군 훈련으로 결석하는 학생에게 불이익을 주라고 지시한 게 아니라는 것도 알지. 그렇지만 재단에서 그런 거에 관심 없는 건 누구보다 네가 잘 알잖아."

"……."

"나는 네가 희생양이 되는 건 원하지 않는다."

그 말에 이원술은 고개를 숙였다.

"네가 총장에서 내려오면 원광소 정도만 날리고 적당히 끝낼 수 있다. 하지만 그러지 않는다면……."

이원술의 교수 자리를 박탈할 수밖에 없다.

그리고 한국대학교 재단의 힘이라면 이원술이 어디에도 가지 못하게 하는 건 일도 아니다.

"네…… 유 교수님. 아니, 유 선배."

그 말에 이원술은 눈물을 떨구면서 인정할 수밖에 없었다, 자신이 끝났다는 것을.

⚖️

그 시각, 원광소는 미칠 것 같았다.

"아니, 씨팔. 군대 좀 갔다 왔다고 그게 유세야? 나 때는 그런 건 당연히 알아서 뺐어야 했는데."

누구도 없는 곳에서 원광소는 부들부들 떨었다.

그냥 기분 나빠서 한 짓이 설마 자기 인생을 이 정도로 박살 낼 줄은 몰랐다.

"씨팔. 그딴 예비군 훈련이 뭐라고!"

사실 예비군 훈련이 빠져서는 안 되는 것이라는 사실쯤은 알고 있다.

이미 수차례 교육을 받았고 공문도 받았으니까.

하지만 자존심이 상했다.

뇌물을 주고 힘들게 얻은 자리. 그걸 기반으로 다른 곳으로 가고 싶었는데 그게 불가능해졌다.

그게 그의 자격지심을 자극했고, 그 때문에 누군가가 자신을 무시하는 걸 참을 수가 없어졌다.

예비군 훈련도 마찬가지였다.

남들보다 우월하다는 것을 증명하고 싶었는데 때마침 걸린 게 바로 예비군 훈련이었다.

훈련에 가지 못하게 할 때마다 자신의 권력이 국가권력보다 강하다는 생각이 들곤 했던 그는, 어느 순간부터 예비군 훈련이라고 하면 눈깔이 돌아갔다. 그랬는데…….

"젠장, 고작 예비군 훈련 따위가…….."

고작 하루 빠지는 거다. 그게 뭐라고 자기 인생을 망친단 말인가?

"이건 갑질이야. 이건 분명 갑질이라고!"

그의 머릿속에는 자신이 범죄를 저질렀다는 개념이 없었다. 그저 대룡의 갑질로 인해 직장을 잃어버렸다는 분노만이 남아 있을 뿐이었다.

"그냥은 못 넘어가."

그는 컴퓨터를 켜고는 닥치는 대로 언론사에 제보하기 시작했다.

자신은 재벌에게 갑질을 당해서 해직당했다, 그렇게 주장하면서.

하지만 그 누구도 그의 말은 들어 주지 않았다.

그저 기자들이 보유한 수많은 차단 목록에 이메일 하나가 추가될 뿐이었다.

⚖️

"난리 났네, 난리 났어."

얼마 후 인터넷상에 교수들의 사과문이 신나게 올라오기 시작했다.

원광소 사건으로 뜨끔한 교수들이 예비군 훈련을 이유로 불이익을 준 것에 대해 사과하고 정상적으로 학점을 주겠다고 말한 것.

"그런데 한둘이 아니네."

"전국 대학교에 한둘씩 꼭 있었으니까요."

"학교뿐만이 아니야."

학교와 회사를 비롯한 수많은 곳에서 벌금은 알아서 내고 무조건 나와서 공부하고 일하라는 식으로 굴어 왔다. 하지만 이제 그런 놈들도 꼬리를 말고 있었다.

"뭐, 얼마나 갈지 모르지만. 시간 나면 또 한 번 뒤집어야지."

"도대체 이해가 안 가요. 한국은 아직도 전쟁 중인데 말이죠."

한국은 공식적으로 전쟁 중, 즉 휴전 국가다. 그런데 군인들을 비하하고 착취하며 노예 취급한다는 게 유영민은 이해가 안 갔다.

"군인만이 아니지. 자기 아랫사람이면 다 그래도 되는 줄 아는 놈들이 널렸으니까."

노형진은 혀를 끌끌 차며 말했다.

"너는 그런 놈은 되지 마라."

"힘을 올바르게 쓰라 이거죠?"

"맞아."

"그것도 결국 배워야 하는 거고요."

"모든 건 배움의 연속이지."

노형진은 그렇게 말하면서 유영민을 향해 씩 웃었다.

"넌 잘 배울 수 있을 거다. 좋은 학생이니까."

그 말에 유영민도 마주 씩 웃었다.

의혹이 전부라고?

−셋! 둘! 하나!

넘어가는 카운트에 맞춰서 장내 아나운서가 외치고 그 숫자가 마침내 0에 다다르는 순간, 환호와 함께 불꽃이 하늘로 솟아올랐다.

그리고 '댕댕' 하는 종소리가 방송을 타고 전국에 울려 퍼졌다.

−새해가 밝았습니다, 여러분. 2022년에 오신 걸 환영합니다! 올해도 모두 좋은······.

하지만 그 아나운서의 덕담은 TV가 꺼져 버리면서 더는 이어질 수가 없었다.

은밀한 방 안에서 TV를 보던 사람들이 TV를 꺼 버렸기 때문이다.

대부분의 사람들은 새해가 되어서 기대에 차 있었지만 절망이 눈앞까지 다가온 사람들은 그럴 수가 없었다.

"멍청한 개돼지들 같으니라고."

누군가의 말에 다른 누군가는 눈을 찡그렸고 또 다른 누군가는 자신도 모르게 고개를 끄덕거렸다.

반응은 저마다 달랐지만 확실한 건, 그들 모두 분위기가 좋지 않다는 것이었다.

"송정한 그 새끼는 막을 수가 없는 겁니까?"

"없어요. 요즘 인터넷에서 어떤 말이 떠도는지 아십니까? 어대송이랍니다, 어대송."

"어대송?"

"어차피 대통령은 송정한이랍니다."

"씨팔."

그 말에 다들 이를 악물었다.

문제는 이게 일부 지지자들이 하는 헛소리가 아니라는 거다.

2022년. 올해는 새로운 대통령 선거가 있는 해다.

그것도 얼마 남지 않았다. 고작 3개월 남은 시점.

그런데 현재 송정한의 지지율은 다른 후보들을 압도적으로 처바르고 있다.

"지난 여론조사에서 뭐라고 나왔죠?"

"일단 해달 리서치에 따르면……."

"아아, 서로 조작 빼고 확실하게 이야기합시다. 확실하게!"

자유신민당의 대통령 후보인 강용안은 화를 버럭 냈다.

"어차피 자기들에게 유리하게 여론조사를 했을 거 아닙니까? 하지만 지금은 방법을 찾기 위해 모인 거 아니오? 그러니까 서로 헛소리는 그만합시다."

그 말에 민주수호당의 후보인 안주원이 눈을 찡그렸다.

"그러면 남은 건 코리아 타임라인 그놈들뿐 아닙니까?"

"그게 제일 확실하니까 그거라도 이용해야지요."

"끄응."

실제로 다른 여론조사 집단과 다르게 코리아 타임라인은 완벽하게 공정한 기준으로 조사한다.

집 전화와 핸드폰을 모두 이용하고 성별도, 남녀 기준도 확실하게 통계가 나올 정도로 충분한 숫자를 조사한다.

그렇기에 여러 번의 조사 결과 그나마 믿을 만한 곳이 코리아 타임라인이라는 건 부정의 여지가 없었다.

물론 자기들과 사이가 좋지 않은 그곳의 자료를 이용하려니 불편할 감정을 감출 수는 없었지만, 그렇다고 잘못된 통계로 계획을 짤 수는 없었다.

"송정한이 지지율 31%고, 강용안 당신이 12%, 내가 21%요. 나머지는 부동층이고."

"젠장."

민주수호당의 대통령 후보인 안주원의 말에 강용안은 절로 욕이 나왔다.

물론 누구도 과반은 넘지 못한 것으로 보인다.

하지만 대통령은 다수의 선택으로 결정된다.

송정한의 지지율인 31%가 분명 높아 보이지는 않지만, 강용안과 안주원이 힘을 합쳐야 간신히 송정한의 지지율을 넘어설 수 있다는 게 문제다.

부동층을 똑같이 3분의 1씩 나눠 먹어도 절대적으로 불리한 건 자신들이다.

"그놈들이 너무 오래 착실하게 준비했어요."

"송정한 그놈이 대통령이 되면 우리는 다 죽을 겁니다."

강용안의 말에 서울중앙지방검찰청의 장이자 검찰 내부에 있는 정치조직, 한국검사회의 회장인 최당식이 아주 무거운 목소리로 대거리했다.

"그놈은 이레귤러예요. 원하는 건 뭐든 할 수 있는 놈입니다."

"그 정도입니까?"

"네. 너무 위험합니다. 기존의 병신 개혁주의 대통령들하고는 다릅니다."

보통 한국의 대통령은 두 가지 타입이 있다.

하나는 당과 정치권의 지지를 받아서 당선된, 그들과 힘과 권력을 나눠 먹는 부패한 대통령.

다른 하나는 국민들의 지지를 받아서 당선된, 힘없는 병신 같은 대통령.

전자는 당이 달라도 부패라는 공통점이 있기에 각자의 과실을 뜯어 먹었다.

이번 선거에서 자기들이 이기면 자기들이 처먹고, 다음 선거에서 다른 당이 이기면 다른 당이 처먹는 식으로 말이다.

그에 비해 후자인 개혁 방식의 대통령은 대부분 말로만 개혁을 하다가 결국 비참하게 쫓겨나거나 감옥에 간다. 힘이 없기 때문이다.

"하지만 송정한은 달라요."

개혁을 외치면서 혼자 병신 짓을 하는 거야 우습지도 않지만, 송정한은 아니다.

새론이라는 거대한 법률 집단이 법적인 보호를 해 주고, 대룡과 밀접한 관계로 경제적 보호를 받고 있으며, 그 자신도 막대한 부자라서 선거범죄를 저지를 이유조차 없다.

정치적 힘? 그는 현재 우리국민당의 당수이며, 우리국민당은 국민들에게 지지를 받는 중도 포지션을 확고하게 유지하고 있어서 정치적인 압박을 할 수도 없다.

하지만 가장 위험한 건 역시 마이스터와 노형진이라는 괴물이 뒤에 있다는 거다.

이런 전반적인 문제로 기존의 개혁형 대통령처럼 식물 대통령을 만드는 게 불가능하다.

심지어 박기훈 대통령조차도 그런 두려움에 타협을 했지만, 송정한은 그럴 이유도 없고 그럴 필요도 없었다.

"그놈이 대통령이 되면 우리가 다 죽기는 할 테지요."

강용안은 인정한다는 듯 고개를 끄덕거렸다.

사실 해 처먹는 거야 정권 바뀌면 다 그러니까 서로 알음알음 넘어가곤 한다. 정권이 바뀌면 지금 돈을 빨아먹는 저 빨대는 내 빨대가 될 테니까.

하지만 송정한은 아예 그 빨대를 모조리 빼서 내다 버릴 생각인 자다.

빨대를 주거니 받거니 하는 것과 빨대가 아예 사라지는 건 전혀 다른 문제이기에 1월 1일 새해 첫날부터 은밀한 회동을 가질 수밖에 없었던 거다.

"죽일까요?"

"위험합니다. 물론 송정한 하나 죽이는 거야 어려운 일이 아닙니다만."

아직 대통령도 아니고, 더군다나 본격적으로 선거전이 시작되면 대중에게 드러날 수밖에 없으니 차라리 지금이 죽여 버리기에는 최적기일 수도 있다.

"말도 안 되는 소리 하지 마세요. 노형진 그 새끼 눈깔 돌아가서 날뛰는 꼴 보고 싶은 겁니까?"

강용안이 검사인 최당식에게 한 소리 했다.

'멍청한 새끼. 압수수색 말고는 할 줄 아는 게 아무것도 없

는 새끼가.'

물론 살인이야 쉽다. 적당히 중국 새끼에게 총 쥐여 주고 쏴 버리라고 하면 그만이다.

문제는 그걸 당한 노형진과 마이스터가 그냥 있을 리가 없다는 거다.

"맞아요. 송정한의 개혁 정신은, 그 새끼가 원래 반골 기질이 강한 것도 있지만 노형진이라는 그 변호사 놈에게 영향받은 게 큽니다. 송정한이 죽으면? 노형진 그 새끼가 뭔 짓할지 몰라서 그럽니까? 도리어 동정표가 쏠릴 겁니다."

대통령 후보 죽었다고 해서 우리국민당이 선거를 포기할 리는 없으니 새로운 후보를 내놓을 테고, 동정표에 더불어 노형진이 눈을 까뒤집고 선거에 개입하기 시작하면 승패는 뻔하다.

노형진은 부도덕한 싸움을 못하는 게 아니다. 안 하는 거지.

그런데 이쪽이 먼저 부도덕한 싸움을 건다?

아마 전 세계에서 이들을 죽이기 위해 수천 명 단위의 킬러들이 소환될지도 모르는 일이다.

"그러면 그 후에는 무슨 일 날지 몰라서 그래요?"

"하지만 이대로는 그냥 냄비 속 개구리 아닙니까?"

가만히 있다가 산 채로 삶기느냐 아니면 천천히 익사하느냐의 차이일 뿐 결국 부패한 세력이 소멸되는 건 너무나 당연한 일.

그걸 알기에 최당식은 마음이 다급했다.

"그러니까 검찰에서 사전에 어떻게 해서든 엮어서 감옥에 넣었어야지요!"

"시도야 많이 했지요. 하지만 그때마다 막혔잖습니까?"

송정한을 직접 노려 보기도 했고, 아무리 해도 안 되어서 가족을 노려 보기도 했다.

하지만 그때마다 돌아오는 건 노형진의 보복이었고 부패한 검사들은 옷을 벗어야 했다.

"우리도 힘이 줄어들어서 급하단 말입니다."

사실 한국검사회라는 조직은 어디에도 존재하지 않는 불법적인 사조직이다. 그래서 대놓고 활동할 수가 없었다.

물론 그렇다고 해서 힘이 없는 건 아니다.

아니, 한때는 음지에서 대한민국을 지배하기도 했다. 정확하게는, 했었다.

"노형진 그 개새끼 때문에."

노형진이 검찰 내부를 정리하기 시작하자 수많은 검사들의 모가지가 날아갔다.

권력으로 덮기에는 그들의 치부가 너무 커서 어쩔 수 없이 내보내야 했던 것이다.

그러다 보니 현재 한국검사회는 손발 다 잘리고 머리만 남은 조직이 되어 버렸다.

"이대로 있다가는 다 죽어요."

"다른 곳에서는 뭐라고 합니까?"

개혁을 거부하고 싶어 하는 곳은 많다.

그러나 대부분 노형진과 마이스터에 최소 두 번 이상은 처맞은 전적이 있기에 그들도 몸을 사릴 수밖에 없었다.

"판사 쪽은 뭐 우리가 주는 거나 주워 먹는 새끼들이니 시키는 대로 한다네요."

사람들은 판사와 검사의 권력이 비슷한 줄 알지만 사실 아니다.

검사가 판사 하나 콕 집어서 기소해 버리는 순간 판사는 권력을 잃어버리니까.

무죄를 선고할 수는 있지만 3심까지 갈 경우 최소 4년에서 5년은 업무에서 배제당할 수밖에 없다.

뇌물 수수 같은 걸로 조사받는 판사가 계속 판결을 맡을 수는 없으니까.

현실적으로 그 기간 동안 배제당할 상황이라면 결국 승진 코스에서 멀어지는 데다가 결국 밀려난 시점부터 포기하고 나가서 변호사나 해야 하기에, 알게 모르게 판사들은 검사의 눈치를 보는 경우가 생각보다 많았다.

특히나 정치적 사건에서는 더더욱 그런 성향을 보이는 게 현실이었다.

"기자 쪽은요?"

"그쪽은, 윗선은 어떻게 할 수 있지만 일선 기자들이 문제입니다. 아시다시피 노형진은 헛소리하면 언론사가 아니라 기자를 조져 버리지 않습니까?"

"끄응, 그렇죠."

언론사 조지는 거야 대충 검찰에서 벌금 조금 처분해 주면 땡이기에 어렵지 않게 해결할 수 있다.

대형 언론사들에 벌금 500만 원 정도는 하룻밤 룸살롱 술값도 안 되는 돈이니까.

하지만 노형진은 기자를 조진다.

단순히 벌금 수준이 아니라, 진짜 자살할 때까지 조진다.

언론사는 노형진과 굳이 싸우기 싫어서 그 꼴을 보고도 그저 방치하고.

그러자 이제는 그게 소문이 나서, 기자들은 노형진과 관련된 거라고 하면 설설 긴다.

농담이 아니라 진짜로 노형진을 도발하거나 어떻게 뜯어먹으려고 했다가 자살한 기자가 스무 명은 된다고 하니까.

문제는 노형진이 선공을 당한 경우에만 그렇게 움직이기에 언론 탄압이니 뭐니 할 수가 없다는 거다.

정확하게는, 그렇게 떠들어 봤지만 그건 언론사가 아니라 헛소리를 한 개인의 문제라고 언론사에서 선을 그을 수밖에 없었다.

안 그러면 노형진과 마이스터와 전면전을 해야 했으니까.

"그쪽도 일단은 말을 못 한다고…….

"젠장. 역시 그 새끼들은 답이 없어."

사실 이해는 간다.

기업이 덤벼도 못 이기는 게 노형진인데 그런 사람과 목숨 걸고 싸우라니.

물론 정의와 진실을 위해 싸우는 기자들이 없는 건 아니지만 애초에 그런 기자들은 노형진과 부딪칠 일 자체가 없다.

노형진은 그저 허위 사실을 유포하거나 또는 정치적 목적을 가지고 자신을 건드리는 놈들에게만 보복할 뿐이고, 그런 놈들은 노형진이 그런 짓을 하든 말든 관심을 안 가진다.

"그렇다고 우리가 그냥 당해 줄 수는 없지 않소?"

안주원은 입술이 바짝바짝 말랐다.

'어떻게 해서든 송정한이 대통령이 되는 걸 막아야 해.'

그도 그럴 게 민주수호당에서 송정한 퇴출에 가장 앞장선 게 자신이니까.

송정한만 없으면 자신이 민주수호당 대선 후보 1순위라 생각했고, 실제로 대선 후보가 되었다.

문제는 당에서 쫓겨나 그저 그런 무소속이 될 거라 생각한 송정한이 신당 창당을 넘어 양 정당에서 사람을 흡수해서 무려 제3당이 되어 버렸다는 거다.

자신이 한 짓이 있으니 당연히 보복당하는 게 두려운 안주원 입장에서는 송정한을 어떻게 해서든 막아야 했다.

"다 같이 국민의 노예가 될 거요? 우리는 주인이 되어야 하는 거 아니오?"

"후우~."

그 말에 다들 심각한 얼굴이 되었다.

그리고 강용안과 안주원의 시선은 최당식에게 향했다.

어쩔 수가 없는 게, 현실적으로 이제 정치적으로 해결할 수 있는 문제가 없기 때문이다.

다른 정당이라면 정치적으로 어느 정도 해결이 가능하다.

하지만 송정한은 아니다. 그놈은 말이 안 통한다.

"다른 당원들과는 말이 안 통합니까? 솔직히 우리국민당에 간 놈들 중에도 도긴개긴인 놈들 많지 않습니까?"

도긴개긴이라는 말에 강용안과 안주원은 불편한 얼굴이 되었지만 크게 뭐라고 하지는 않았다.

틀린 말은 아니니까.

실제로 개혁파 의원들이 많이 넘어가기는 했지만 프락치 노릇 한다고 간 놈, 여기서 자리 못 잡아서 쫓겨난 놈, 돈에 혹해서 넘어간 놈도 있었다.

개혁파야 어쩔 수 없다지만 그런 놈들이 들고일어나서 당을 뒤집는 경우는 생각보다 많다.

"물론 그쪽 당 사람들도 만나 봤소. 하지만 핑계가 없어요, 핑계가!"

안주원은 갑갑한 듯 가슴을 탕탕 치며 말했다.

"송정한 그놈이 쥐고 있는 권력이 너무 강해요. 당을 뒤집어엎고 권력을 쥐려면 송정한을 몰아낼 만한 핑계가 있어야지요."

정책적 실책이나 부패, 하다못해 범죄와 연관해서 몰아내야 하는데, 정책적인 실패는 아예 없고 부패는 가진 돈이 많아서 의미가 없다.

"확실히 당에서 도와주지 않으면 선거에서 불리한 건 사실이니."

그러니 자신들이 권력을 잡을 수 있는 가장 좋은 방법은 우리국민당 내부에서 송정한을 축출하는 것.

실제로 개혁파 대통령 후보들이 가장 먼저 해결해야 하는 문제가 바로 당 내부에서의 반발이다.

같은 당이지만 결국 자기들이 권력을 쥐고 흔들 수가 없게 되니 어떻게 해서든 쫓아내고 싶어 하는 것이다.

실제로 민주수호당은 자기네 소속 대통령을 탄핵하겠다고 병신 짓을 한 적도 있을 정도니까.

"핑계야 우리가 만들어 주면 되는 거 아닙니까?"

순간 듣고 있던 최당식이 좋은 방법이 있다는 듯 얼굴을 밝혔다.

"핑계를 만들어 준다고?"

"네."

"뭐, 또 뻔한 짓 하려고 하나?"

강용안은 최당식을 한심하다는 듯 바라보았다.

그럴 수밖에 없는 게 검찰이 할 줄 아는 건 하나뿐이기 때문이다.

바로 누명 씌우기.

물론 일반인이라면 그거 하나로 충분히 인생을 조져 버릴
수 있다.

하지만 지금 상대방에게는 노형진이 붙어 있다.

어떻게 해서든 노형진과 송정한에게 누명을 씌우겠다고
증거조작에서부터 증인 조작, 심지어 증거 심기까지 별의별
짓을 다 해 봤지만 결국 모조리 실패했다.

단순히 실패에서 끝난 정도가 아니라 그때마다 검사들이
한 뭉텅이씩 모가지가 날아갔다.

한국검사회의 파워가 예전 같지 않다고 최당식은 징징거
리지만, 사실 내용을 보면 한국검사회 놈들이 선빵 치다가
역으로 당한 게 대부분이다.

강용안의 비아냥거림에, 무시당했다고 생각한 최당식의
눈이 희번덕거리면서 빛났다.

'전이라면 살려 달라고 무릎 꿇고 빌어야 했을 새끼가.'

농담이 아니라 진짜로 그랬다.

검찰의 캐비닛만 열면 강용안 따위의 인생 망가트리는 건
조금도 어렵지 않았다.

'두고 보자. 송정한만 조져 버리면 다음은 너다.'

최당식은 그렇게 생각하면서 이를 박박 갈았다.

그는 대한민국 대통령이라 해도 검찰의 허락을 받아야 한

다고 생각하는 사람이었고, 실제로 검찰에는 그럴 능력이 있
다고 믿고 있었다.

'송정한과 노형진만 제치면…….'

그 후에는 다시 한번 검찰 천하가 올 거라 생각하며, 그는
목구멍까지 올라온 욕을 꿀꺽 삼키고 그 대신에 다른 말을
꺼냈다.

"걱정하지 마세요. 우리도 바보는 아니니까."

"그러면?"

"그동안 노형진과 싸우면서 우리도 그놈에게 배운 게 좀
있습니다. 우리가 수사를 한다고 하면 분명 노형진은 지랄을
할 테죠."

"그러겠지."

"하지만 우리가 수사하지 않는다고 할 경우 도리어 곤란해
지는 건 노형진과 송정한이라면?"

"뭐?"

"그렇게 해서 그놈이 수사해 달라고 빌게 만들 겁니다."

눈을 번뜩거리는 최당식.

"그러기 위해서는 두 분의 도움이 필요합니다."

⚖️

노형진은 솔직히 이번 선거에 개입할 생각이 없었다. 왜냐

하면 그건 민주주의에 위배되니까.

자신이 나선다면야 송정한을 대통령으로 만드는 건 어렵지 않다.

하지만 그럴 이유도 없거니와, 자신의 위협과 돈지랄로 만든 대통령이 과연 정상적인 대통령일까?

그랬기에 노형진은 송정한의 대통령 선거에서 완전히 뒤로 빠져 있었다.

하지만 생각지도 못한 문제가 터지자 나설 수밖에 없었다.

"어이가 없군. 노 변호사, 내가 그렇게 보이나?"

"아니요. 전혀 아니죠."

"내가 미쳤다고 방화를 저지르고 다녔다고? 이 내가?"

송정한에 대한 허위 사실이 인터넷에 퍼지기 시작한 지는 얼마 되지 않았다.

20년 전 송정한이 막 판사를 그만두고 나와서 변호사를 시작하던 시절, 그 지역에서 연쇄 방화범이 활개를 치고 다녔다.

처음에는 쓰레기를 태우는 정도였던 방화는 점점 그 규모가 커져 인명 피해마저 발생시키고야 말았다.

그것도 무려 네 번이나.

그 화재로 인해 열세 명이 죽거나 다쳤고 재산 피해도 엄청났다.

그런데 최근 들어 그 사건의 진범이 송정한이며, 당시 영업이 힘들었던 송정한이 스트레스 해소를 위해 밤마다 불을 지르고 다녔다는 소문이 돌기 시작한 것이다.

"이게 뭔 말도 안 되는 개소리냐고!"

새론의 회의실.

그곳은 일반적으로 의뢰인이 들어올 수 없는 공간이지만 송정한이 단순 의뢰인도 아니고 워낙 보안이 중요한 사건이라 오늘은 송정한을 비롯한 새론의 주요 인사들이 모여서 회의 중이었다.

그 와중에 기가 막힌다는 목소리로 외친 송정한은 치가 떨린다는 듯 부들부들 떨고 있었다.

화가 너무 나니까 도리어 기운이 빠질 정도였다.

"송 의원님이 그럴 분은 아니죠."

새론은 이 사건으로 인해 오늘 완전 비상이었다.

물론 송정한이 새론에서 나가 국회의원이 된 건 사실이지만 그렇다고 해서 새론에서 그의 지분이 완전히 없어진 것도 아니고, 설사 그게 아니라고 해도 새론을 본격적으로 키운 사람이 바로 송정한이다.

그런 사람이 불을 질러 사람을 죽였다? 말도 안 되는 개소리다.

"말도 안 되는 헛소리죠. 그런데 그게 더 웃긴 겁니다."

인터넷에서는 그 소문이 빠르게 퍼지고 있었다.

일반적이지 않을 정도로, 비정상적으로 빠르게 퍼지는 소문.

"누군가 뒤에서 작업하는 게 분명합니다."

"여론 조작 작업이다 이건가?"

"네. 얼마 뒤면 대통령 선거 아닙니까?"

"그건 그렇지."

그리고 이미 송정한은 우리국민당 내부에서 압도적인 지지를 받으며 대통령 후보로 선출된 상황이었다.

그 외에 나가고 싶어 하는 사람이 없는 것은 아니었으나 우리국민당의 지지율을 만들어 낸 사람인 송정한을 이길 방법은 없었다.

"그러니까 어떻게 해서든 똥물이라도 튀겨 보겠다 이런 의도인 것 같네요."

'뭐, 이런 짓거리 한두 번 보는 것도 아니고.'

사실 선거철만 되면 거의 100% 이런 일이 벌어진다.

특히 자기네 파벌이 아닌 다른 집단 소속 후보에게는 말도 안 되는 소문이 붙는다.

뇌물죄나 갑질은 아예 기본이고 성추행이나 강간, 심지어 살인죄까지 가져다 붙이는 게 한국 선거판이다.

"그리고 종편에서는 어떻게 해서든 의원님을 막고 싶어 할 테고요. 지금 송 의원님은 언론에 손대고 싶어 하시잖습니까?"

"그래. 솔직히 한국 언론이 언론이야? 사내 신문이지."

사람들이 잘 모르는 사실 중 하나가 바로 대부분의 한국 언론사들이 본사를 따로 둔다는 거다.

새벽일보나 애국일보 같은 대형 언론사는 아니지만 하루

경제나 아시아경제 같은 곳, 또는 원미디어 같은 언론사들은 본사가 기업, 특히 건설업인 경우가 많다.

"언론이 자본에서 자유롭지 못하면 결국 진실도 사라지니까."

그랬기에 송정한은 언론 개혁을 통해 기업의 의결권을 제한할 생각이었다.

그리고 당연하게도 대부분의 언론사는 그걸 극도로 싫어한다.

"그러니까 물고 뜯고 신나게 떠드는 거죠."

검증? 송정한만 조져 버리면 검증할 필요 따위도 없다.

그리고 어차피 걸려 봐야 처벌도 그다지 강하지 않다.

실제로 인터넷에 그런 소문이 돌고 있어 그걸 보고 썼다고 하면 그만이니까.

"그런데 이딴 사진에 도대체 무슨 가치가 있다는 거예요?"

증거랍시고 인터넷에 돌고 있는 사진은 멀리서 누군가 불을 지르는 모습이었다.

불을 지르는 뒷모습이 찍힌 것이었는데, 인터넷에는 그 사진 속의 남자가 송정한이라고 주장하는 놈들이 넘쳐 나고 있었다.

"노 변호사, 자네는 어떻게 생각하나?"

"개소리죠. 이건 저보다는 김소라 씨가 더 잘 알 텐데요. 안 그렇습니까?"

노형진이 프로파일러인 김소라를 바라보자 그녀가 고개를

끄덕거렸다.

"이건 송 의원님일 수가 없습니다."

"당연하지!"

"물론 심적으로 알지만, 다른 사람에게 그렇게 설득할 수는 없으니까요."

김소라의 말에 송정한이 의아한 표정으로 그녀를 쳐다보았다.

"아, 내가 아니라는 증거가 있다는 건가?"

"네, 맞습니다."

"어떤?"

"사진을 보면 분명 필름 카메라로 찍은 겁니다. 그런데 필름 카메라에는 옛날에도 날짜를 넣는 기능이 있었습니다. 이 사진에는 그게 없더군요."

지금의 디지털카메라와 다르게 필름 카메라는 귀퉁이에 작게 날짜가 기록된다. 김소라는 그것을 지적하는 것이었다.

"게다가 그걸 어떻게 지웠다고 해도, 화재가 발생한 곳은 도심 한복판입니다. 그에 비해 사진 속 장소는 사람이 거의 안 다니는 곳이고요. 현지와는 전혀 상관없습니다."

"하지만 그것만으로는 근거가 좀 모자라지 않나?"

김소라의 말에 송정한은 걱정스러운 듯 말했다.

그러자 노형진이 고개를 끄덕거리며 입을 열었다.

"또 다른 것도 있습니다."

"뭐가?"

"여기 보시면 불을 내지 않습니까? 그런데 주변에는 논밭밖에 없습니다."

"그건 좀 전에 말한 것과 똑같은 소리잖나."

"아니요. 이건 과학의 영역입니다. 각도를 보세요. 이건 높은 곳에서 찍은 사진입니다."

3층 높이쯤에서 내려다보며 찍은 듯한 각도.

"이 사진 속의 배경은 논입니다. 그곳에서 뭔가를 태우는 모습이죠. 그런데 이런 논 가까이에 집을 두는 경우는 드뭅니다."

그나마 밭은 그런 경우가 있지만 논은 그런 경우를 찾아보기가 힘들다. 왜냐하면 생활환경이 너무 안 좋기 때문이다.

일단 논이 바로 옆에 있으면 모기나 벌레도 많이 생기는 데다가 논에 쓰는 물에 오폐수가 섞이면 일 년 농사를 다 망칠 수도 있기에 대부분의 논은 집과 어느 정도 거리를 두고 만들어진다.

"거기다가 이 풀들 상태를 보세요. 이거 겨울입니다."

불을 지르는 데 쓰는 풀들의 상태는 녹색이라고는 하나 없는 마른풀들이었는데, 사진 속 누군가는 그 앞에 쭈그려 앉아 거기에 불을 붙이는 모습을 보여 주고 있었다.

"그런데 방화 사건은 모두 봄부터 초가을 사이에 난 걸로 알고 있는데요."

"그랬지."

"그때라면 이렇게 풀이 바짝 마른다는 건 불가능하죠."

아무리 풀이 잘 말라도 이 정도는 될 수 없다.

"그리고 어두워서 잘 안 보이시겠지만, 논에도 작물이 없어요."

"즉, 추수가 끝난 시점이다?"

"네. 보니까 최근에 찍은 것 같은데."

"최근?"

"네. 사진을 열화해서 오래되어 보이도록 하는 것은 사실 어려운 기술도 아니고요."

예를 들어 흑백사진을 커피에 담갔다가 말리면 아주 오래된 사진처럼 보인다.

"아니, 이렇게 뻔한 거짓말을 하는 놈들이 있다고?"

"뻔한 거짓말을 하는 놈들이 문제가 아니라 그걸 이용하는 놈들이 문제인 것 같습니다."

노형진은 걱정스럽게 말했다.

그도 그럴 게 선거판에서 온갖 더러운 일이 벌어지는 건 알지만 이건 선을 넘어도 한참 넘었으니까.

"사실 인터넷에는 온갖 말도 안 되는 소문이 돕니다. 하지만 언론에서 그걸 다 이슈화하지는 않죠."

하지만 송정한의 방화범설만은 종편을 비롯한 대다수의 언론에서 아주 지속적으로 떠들고 있다.

"이거 말입니다, 방식이 아주 교묘해서 그렇지 사실 흔하게 쓰는 방법입니다."

"흔하게 쓴다고?"

"네. 여기서 방화를 성범죄로 바꾼다고 생각해 보세요."

그 말에 송정한의 얼굴이 딱딱하게 굳었다.

그도 변호사이기 때문에 이게 무슨 소리인지 바로 알아들었던 것이다.

만일 그렇게 된다면 정치인과 같은 유명인의 인생을 박살낼 수 있을 것이다.

"설마 이 일 자체가 조작이라는 건가요?"

"사진이 뜬 시점부터 조작일 수밖에 없죠."

고연미 변호사가 깜짝 놀라서 묻자, 옆에서 듣고 있던 무태식이 화가 난 목소리로 말했다.

"그럴 수밖에 없겠네요. 증명할 수도 없는 걸 여기저기서 떠드는데, 이게 조작이 아니면 뭡니까?"

"그렇죠."

"하지만 왜? 아니, 목적을 모르는 바는 아닐세. 하지만 왜하필 방화냐 이거야."

그렇게 말하는 송정한의 얼굴에는 의아함이 가득했다.

그리고 노형진은 그 이유를 알고 있었다.

송정한이 개혁하고자 하는 대상 1순위가 검찰이기 때문이다.

이런 조작 사건은 검찰에서 숱하게 써먹는 방법인데, 그들은 이미 몇 번이나 송정한과 관련된 조작을 하다가 실패한 전적이 있다.

그러나 피할 수 없는 파멸을 막아 보겠다고 무슨 짓이든 시도하는 것은 어찌 보면 당연한 수순이었다.

"타격이 큰 사건을 찾다 보니 그렇게 된 거겠지요."

노형진은 쓰게 웃었다.

"단순히 그것뿐?"

"그건 아닙니다. 기존 방식의 가장 큰 문제점은 증인이나 증거가 있어야 한다는 거였습니다."

"그게 중요한 거 아닌가?"

"네, 그래서 그 방법을 쓰지 못합니다. 솔직히 말씀드리면 말이죠."

노형진은 입맛을 다시며 말했다.

"어떤 미친놈이 그런 소리를 하겠습니까? 이미 한두 번 소문난 게 아닌데."

"소문?"

"저나 의원님한테 죄를 뒤집어씌우려고 했던 놈들, 어떻게 되었지요?"

"아~."

대부분 나중에 가서는 살려 달라고, 사실은 검찰에서 시켜서 어쩔 수 없이 그랬다고 빌고 빌어야 했다.

기자회견까지 해 가면서 그렇게 떠들어야 했고 일부는 자살을 하기도 했다.

"그게 자살을 한 건지 아니면 자살을 당한 건지 알 수는 없지만요."

노형진은 어깨를 으쓱하며 말했다.

"솔직히 그건 딱히 비밀도 아니지 않습니까?"

자신들이 조사하는 대상이 얼마나 위험한 사람인지는 인터넷에서 30분만 조사해도 나온다.

그런데 검찰의 사주를 받아 인생을 걸고 허위 사실을 유포한다?

"그런 놈들은 없을 겁니다."

아무리 검찰이 압박해도, 아무리 큰돈을 준다고 해도 말이다.

"하긴, 그건 그렇겠지."

"자유신민당에서 왜 성 추문이 안 터지겠습니까? 그놈들이 진짜로 깨끗해서요? 그럴 리가요."

자유신민당의 성 추문이 없는 이유는 그걸 터트리는 피해자에게 가혹하게 보복하기 때문이다.

즉, 안 터트리는 게 아니라 못 터트리는 거다.

"우리와는 많이 다르지요."

물론 노형진은 진짜 헛소문을 퍼트리는 놈들에게 보복할 뿐이지만 말이다.

"중요한 건 그겁니다. 현실적으로 봤을 때 증인에게 증언을 시키는 방식으로는 타격을 입힐 수 없다는 것."

도리어 노형진에 의해 '사실은 검찰에게 사주당했습니다.'라는 말이 튀어나올 가능성이 크니, 그렇잖아도 이미지가 안 좋은 검찰 입장에서는 그런 사태는 피하고 싶을 거다.

　"하지만 증인이 필요없으면 그런 부담도 없죠."

　"끄응, 무슨 소리인지 알겠군."

　증인이 없으면 당연히 그런 부담도 없다. 그러니까 인터넷에다가 소문을 내는 거다.

　노형진이 몇 번이나 써먹은 방법이니, 아무리 검사들이 빡대가리라 해도 슬슬 배울 시점이기는 하다.

　"더군다나 우리는 그걸 추적할 권한이 없으니까요. 그러면 어떻게 되겠습니까?"

　"경찰에 신고한다 이건가?"

　"네, 맞습니다. 웃긴 거죠. 성범죄로 상대방 인생을 조질 때 가장 많이 쓰는 방법이 그거예요."

　인터넷과 언론을 통해서는 성범죄자라고 신나게 떠들면서 정작 경찰과 검찰에 신고하지는 않는다.

　그러면 어떻게 되느냐? 그는 여론재판을 통해 그냥 성범죄자가 되는 거다.

　"하지만 우리가 그걸 막기 위해 역으로 고소하면 어떻게 되겠습니까?"

　"2차 가해자가 되겠군."

　"네."

뭘 해도 성범죄라는 굴레는 피할 수가 없으니, 그렇게 확실하게 상대방의 인생을 망가트릴 수 있다.

"하지만 그래도 이해가 안 가는데요. 그건 피해자가 있으니까 가능한 일이잖아요. 그런데 이건 피해자가 없잖아요?"

조용히 듣고 있던 고연미 변호사가 고개를 갸웃하며 물었다.

그녀는 정치적 사건에 대한 경험이 적어서 조용히 듣고만 있었지만 그래도 말도 안 되는 부분이 없지는 않았기 때문이다.

"정말 없을까요?"

"일가족이 다 불에 타 죽었는데요?"

"그래도 친척은 있기 마련이죠."

그들이 이 소문을 무시할 수도 있지만, 언론에서 송정한의 방화범설에 대해 이렇게 계속 떠들어 대면 결국 움직일 수밖에 없다.

정확하게는, 그들을 움직이기 위해 언론이 그들을 자극할 거다.

그리고 그렇게 그들을 자극하면 어떤 일이 벌어질까? 사실상 뻔하다.

"우리가 검찰과 경찰에 수사를 요청하는 수밖에 없습니다."

"당연히 그렇게 하겠죠?"

고연미는 정치적 사건을 그다지 맡아 보지 않아서 그게 얼마나 심각한 일인지 모르는 모양이었지만, 경험이 많은 송정한과 김성식은 그 말에 얼굴이 굳었다.

"설마 그게 목적이라 이건가?"

"아마도요."

"뭐가 목적이라는 거죠?"

"우리가 이걸 검찰과 경찰에 수사를 요청하면 말일세. 검찰에서는 송정한 의원의 방화 혐의에 대해 본격적으로 수사할 수 있단 말이지. 그리고 그렇게 되면 선거가 끝날 때까지 절대로 결과가 나오지 않을 거야."

"잠깐? 그러면……."

"그래, 검찰과 경찰 그리고 언론은 자기들 마음대로 방화 사건에 대해 떠들 수 있다는 소리지."

그렇게 신나게 떠들수록 송정한에 대한 의심은 점점 더 깊어질 거다.

그리고 그건 국민들에게 심각한 문제로 여겨질 거다.

"아마 대통령 선거에서 떨어지겠지."

그러고 난 후에 권력을 잡은 놈이 송정한을 압박하면 천천히 질식사시키는 것이 가능하다.

"미친!"

그것까지는 생각하지 못한 고연미는 질린 얼굴이 되었다.

"그럼 고발을 안 하면요?"

"그게 문제야. 피해자들이 있지 않나? 그들이 고발하면 결국 마찬가지지."

그들에게 따질 수는 없다. 왜냐하면 그들도 자신도 모르게 이용당하는 상황이니까.

"그렇다고 다른 사람들에게 했던 것처럼 그들에게 보복할 수도 없습니다."

그간에 허위 사실을 위증한 놈들은 돈 좀 벌어 보려는 목적 또는 자신의 이득을 위해 거짓말을 한 거지만, 그 사람들은 진짜로 가족을 잃어버린 피해자들이라 그저 억울함을 풀고 진실을 알고 싶은 것뿐이다.

'회귀 전에는 대형 사건의 가족들에게 빨갱이라는 프레임을 뒤집어씌워서 정치적 위기에서 벗어나려고 했었지.'

다행히 그 사건은 노형진 덕에 이미 없는 일이 되었다.

하지만 그 사건의 전략을 과연 정치인들이 모를까?

그럴 리가 없다.

"결과적으로 누가 고발을 하든 검찰과 경찰은 수사할 수 있네. 우리 쪽에서 끝까지 수사 요청을 하지 않는다면 저쪽에서는 도둑이 제 발 저린다는 식으로 나올 테고."

경험이 많은 김성식은 빠르게 상황을 알아차렸다.

"이쪽에서 그 사람들을 만나서 잘 설득하면요?"

"회유하려고 만난다고 하겠지."

"뭐예요, 그게?"

"정치라는 게 그런 걸세. 진실은 중요하지 않아. 중요한 건 자기 이권뿐이지."

송정한은 지독하다는 얼굴로 말했다.

물론 공격을 받은 적은 여러 번이다. 하지만 이번처럼 답 없는 경우는 처음이었다.

검찰에 반격하자니 이건 검찰이 공격한 게 아니다. 도리어 이 상황에서 검찰에 반격하면 사건을 덮기 위해 검찰을 압박한다는 프레임으로 언론에 대서특필될 거다.

그렇다고 피해자를 공격할 수도 없으니, 이쪽은 그저 저쪽에서 두들겨 패는 대로 신나게 맞는 수밖에 없다는 소리다.

"그러면 진범을 찾는 건 어때요? 몇 번 그런 적 있잖아요."

고연미는 혹시나 하는 기대를 품으며 노형진을 바라보았다.

실제로 이런 사건이 없는 건 아니었으며 그때마다 노형진은 진범을 찾아냄으로써 문제를 해결했다.

그러나 노형진은 안 된다는 듯 고개를 흔들었다.

"이번에는 힘들 겁니다."

"네? 어째서요?"

고연미의 말에 옆에서 진중한 표정으로 이야기를 듣고 있던 김소라가 대신 대답했다.

"방화범은 자발적으로 멈출 수 있는 타입이 아니거든요."

"네?"

"강간과 더불어 재범률이 가장 높은 범죄가 바로 방화예요."

더군다나 이 사건은 사람이 죽은 사건이다. 그것도 무려 네 번이나 말이다.

당연히 뉴스에도 나갔으니 자신이 저지른 화재로 사람이

죽어 나갔다는 걸 방화범도 분명 알고 있을 테지만, 그럼에도 불구하고 방화를 멈추지 않아서 사람들에게 지속적으로 피해를 입혔다.

"그 정도면 그건 단순 스트레스 해소성의 방화가 아니에요. 정신적 집착에 의한 방화광이지."

"방화광?"

"네. 그래서 인터넷에서 떠드는 소리가 개소리라는 거죠."

인터넷에서는 송정한이 변호사 사무실을 개원한 후에 돈이 없어 스트레스를 받아서 방화한 거라고 주장하고 있지만 스트레스로 인한 방화는 더 큰 스트레스 요소, 즉 방화로 인한 사망이나 그로 인한 추적이 시작되면 멈출 수밖에 없다.

"그런데 범인은 그럼에도 불구하고 결국 방화를 멈추지 못했죠. 그러면 이건 스트레스의 문제보다는 정신질환이라고 봐야 해요. 그 말은 절대로 방화를 멈추지 못한다는 뜻이죠."

"하지만 결과적으로 멈췄잖아요?"

그 말대로 실제 방화 기간은 단 1년이었고, 1년 후에 모든 방화는 멈췄다.

"그게 문제예요. 멈출 수 없는 범죄가 멈췄다? 그 말은 더 이상 범죄를 저지르지 못하는 상황이 되었다는 뜻이죠."

"교도소나 군대에 갔다거나?"

그리고 고연미의 말에 노형진은 쓰게 웃으며 말했다.

"아마도 이런 경우는 죽었겠죠."

"죽었을 거라고요?"

"네. 교도소나 군대를 갔다면 다시 사회에 나온 후에라도 방화를 저질렀어야 할 테니까요."

하지만 그런 일은 없었다.

그 말은 진짜로 방화를 저지르지 못하는 상황이 되었다는 거다. 그 경우 가능성이 제일 높은 건 다름 아닌 사망.

"그리고 그걸 검찰도 알 테고요."

"맞아요. 이 정도 프로파일링도 못할 만큼 검찰이 무능하지는 않을 테니까."

아마도 범인은 죽었을 거다. 그리고 그 때문에 이 사건은 송정한을 엮어 버리기 너무나도 좋은 사건이 된 거다.

"조사를 해 봐야 이미 죽은 범인이 나올 리가 없으니까요."

"하지만 노 변호사님이 조사해서 그 사람이 범인이라고 한다면……."

"무슨 증거로요? 애초에 그걸 누가 믿겠습니까? '20년 전에 죽은 사람이 사실은 방화범이었습니다.'라고 발표해 봐야 언론에서는 송정한 의원님이 죄에서 벗어나기 위해 억울한 사람에게 죄를 뒤집어씌운다고 주장할 겁니다."

그냥 그런 주장만 하면 다행이다.

분명 그런 이야기를 하면서 그 가족들을 화면에 내세울 테고, 범인의 가족들은 자기 가족은 그런 사람이 아니라면서 울부짖을 거다.

"그러면 우리는 죽은 사람을 모욕한 고인 모욕범이 되는 겁니다. 그리고 아시겠지만 한국에는 사자명예훼손죄가 있죠."

이쪽에서 그런 주장을 해 봐야 이빨도 안 들어갈 테고, 방화범 이미지에 더해서 고인 모독의 이미지까지 뒤집어씌워지면 송정한의 이미지는 그대로 나락으로 떨어질 거다.

"그때는 대통령 자리가 문제가 아니라 정치적인 입지 자체가 무너지겠군."

"이번 함정은 아주 치밀하게 준비했네요."

노형진은 헛웃음을 지을 수밖에 없었다.

'쌍놈의 새끼들. 이거 내 방법에서 배운 것 같은데, 좋은 걸 쓸데없는 데에 써먹고 지랄이네.'

그때 어두운 얼굴을 한 고연미가 입을 열었다.

"하지만 이대로 당할 수만은 없잖아요. 송정한 의원님을 공격한 후에는 우리 차례일 것 같은데."

"맞습니다. 그러니까 방어를 해 봐야지요."

"하지만 어떻게요?"

"글쎄요."

솔직히 노형진은 고민할 수밖에 없었다.

"이번만큼은 답이 없어 보이네요."

결국 노형진의 입에서 아주 오랜만에 절망적인 단어가 흘러나오고 말았다.

창의력이라고는 없는 놈들

"뭐, 이런 날이 올 줄 알았다."

"오빠, 그렇게 만화에서나 나올 법한, 배신자를 키운 스승님 같은 대사나 할 상황이 아닌 것 같은데?"

아직 이사급이 아니기에 회의에 참석하지 못한 서세영이지만 그래도 이번 사건이 워낙 크다 보니 공동 변호사로 참석하게 되었다.

그런 그녀는 회의 내용을 듣고 말을 잇지 못했다.

"이거 어떻게 해? 뭘 해도 저쪽에 물어뜯기는 게 당연한 상황인 거잖아."

"그렇지."

노형진은 머리를 긁적거렸다.

"뭐, 이해는 간다. 이 새끼들이 내가 쓴 방법들을 교묘하게 섞어서 쓰고 있어."

검찰은 본래 이런 식으로 창의적인 집단은 아니다.

애초에 검찰이 이렇게 창의적인 집단이었다면 너무 뻔한 범죄를 방법이 없다고 풀어 주지도 않았을 거다.

"내가 그간 쓴 방법을 분석해서 만든 모양이네. 이거 보니까 한국검사회에서 수 쓴 것 같은데."

"한국검사회? 그런 조직이 있어?"

"있지, 비공식 조직이지만. 군대로 치면 군인공익회 같은 놈들이야."

그 말에 서세영은 눈을 찡그렸다.

그도 그럴 게, 군인공익회는 대한민국 군대 부패의 핵심이니까.

국방부와 장병들을 빨아먹기 위해 장군급이 모여서 만든 공인된 폭력 조직. 그들이 바로 군인공익회다.

장교들의 삶을 보장한다는 목적과 다르게 그들은 인맥을 통해 온갖 비리를 저지르고 국방 예산을 빼돌리는 데 혈안이 되어 있다.

"그걸 정부에서 그냥 둬?"

"비공식 조직이라니까. 하지만 적지 않은 놈들이 거기 소속이지. 뭐, 그나마도 얼마 남지 않았겠지만."

노형진은 코웃음을 치며 말했다.

"그래도 기존 검찰의 방식을 보면 상당히 오래 준비하기는 했네. 의외로 이 새끼들이 할 줄 아는 건 압색뿐인데."

진실과는 상관없이 일단 압수수색을 통해 상대방을 괴롭히는 것. 그게 바로 이들의 주요 방식이었다.

"하긴, 그마저도 자기들이 만들어 낸 건 아니지만."

"뭐? 그게 무슨 소리야?"

"그 방법을 잘 쓰던 건 검찰이 아니라 조폭이야."

주변 사람을 괴롭히고 자살하도록 몰아붙여 피해자를 고립시킨 뒤 그 또한 자살하거나 항복하게 만드는 것.

그걸 가장 많이 쓰는 이들이 폭력 조직이었다.

검찰은 그들과 싸우는 과정에서 그 방법을 배웠고, 그걸 통해 권력을 늘려 왔다.

"그러니까 이제 슬슬 나한테 배운다고 해도 이상할 건 없기는 하지. 너도 우리나라 학력 시스템의 문제가 뭔지 잘 알잖아."

"뭐, 얼마 전까지 나도 학생이었으니까 알지."

철저한 암기 위주의 방식. 그게 한국의 문제다.

그나마 학교에서는 조금씩 창의력 위주의 발달을 시도하고 있지만 공무원 시험과 변호사 시험 같은 건 아예 암기력만으로 모든 게 결판이 난다.

"그러니 남들 따라 하는 건 또 엄청 잘해요."

노형진은 다시 한번 혀를 끌끌 차면서 말했다.

"그러면 이건 해결 못하는 거야?"

"일단 하나씩 풀어 가야지."

"그러니까 어떻게?"

그 말에 노형진은 피식 웃으며 일어나서 서세영의 머리를 쓰다듬어 주었다.

"이럴 때는 기본부터 하는 거란다. 교과서 위주로 공부하라는 말이 왜 생겼겠니?"

"오빠, 그건 또 뭔 소리야?"

"결국 이것도 다른 재판들과 다를 바 없다는 거야."

물론 변수가 너무 많기는 하다.

하지만 그 변수가 모두 저들의 손아귀에 들어가 있을까?

아니다.

"내가 전에 노동 사건 해결할 때 뭐라고 했지?"

"뭐라고 했더라?"

"회사는 노동자들이 파업하기를 원해. 그래야 쉽게 개박 살 낼 수 있거든. 하지만 정작 노동자가 사업자에게 저항할 수 있는 방법은 파업만이 아니야."

파업 말고도 수많은 방법이 있다.

하지만 이상하게도 한국에서는 오로지 파업 말고는 방법이 없는 것처럼 떠든다.

"맞아. 그런 말 하기는 했다."

"왜 파업만 요구하겠어? 그 방법은 파훼법이 있거든."

파업한다? 그러면 손해배상을 청구하고 판사에게 돈만 좀 쥐여 주면 두둑하게 뜯어내 준다.

손실이 1억이라면, 판사에게 돈만 좀 쥐여 주면 노동자들에게 100억대 판결을 내려 줘서 파업한 노동자들이 그걸 갚기 위해 평생을 노예로 살도록 만든다.

이미 그런 노동자들의 노동운동을 파훼하기 위한 전문 로펌들이 난립하고 있는 상황이고 그들이 가장 쉽게, 그리고 가장 편하게 파훼할 수 있는 노동운동이 바로 파업이었다.

"하지만 다른 건 막을 수가 없지."

예를 들어 안전 문제에 대한 소방법 위반 같은 걸로 고발하게 되면 고발자를 색출할 수도, 고소할 수도 없거니와 그걸 고치기 위해서는 짧으면 이틀, 길게는 몇 달의 시간이 걸릴 수 있다.

그리고 그건 법에서 인정한 영역에서 한 행동이기에 노동자에게 책임을 물릴 수도 없다.

로펌도 정부도, 결코 노동자에게 책임을 물을 수 없는 것이다.

"그러니까 언론에서 그런 이야기는 절대 안 하는 거야. 합법적인 준법투쟁은 자기들이 파훼하지 못하니까."

"이게 그거랑 비슷하다는 거야?"

"맞아."

이걸 설계한 놈들이 누구든 간에 제법 머리를 쓴 건 사실이고, 노형진이 쓴 방법을 차용해서 적용한 것도 사실이다.

"그렇기 때문에 도리어 변수에 대해서는 모르는 거지."

"변수?"

"그래. 원래 작전이라는 건 그런 거야. 설계한 사람만 아
는 약점이 있기 마련이거든."

세상에 완벽한 작전이라는 건 없다.

설사 그렇게 보여도 누군가는 모르는 약점이 있기 마련이다.

물론 대부분은 그 약점을 모르지만, 그 작전을 설계한 사
람은 알 수밖에 없다.

그저 그 변수를 줄이고 약점이 드러나는 걸 얼마나 잘 막
느냐가 관건일 뿐.

"그리고 그들은 내가 쓴 방법의 약점을 찾아내지 못했겠지."

"하지만 오빠도 방법이 없다며?"

"그건 그때 이야기고. 상황은 매번 변하는 거니까."

변수란 상황에 따라 계속 변하기 때문에 변수인 거다.

만일 변하지 않는다면 그건 변수가 아니라 상수다.

예를 들어 이순신의 학익진을 지금 쓴다면 어떻게 될까?

당연히 접근도 하기 전에 미사일에 맞아서 걸레짝이 될 거다.

그 시대에 학익진은 상대적으로 긴 사거리를 이용한 무적
의 전법이었지만 현대에서는 그렇지 않으니까.

"사건도 마찬가지야."

분명 노형진이 썼던 방법이고, 그래서 그 당시로서는 방법

이 없어 보였다.

"하지만 시간이 지났으니 변수가 생기기 마련이지."

"그럼 이 일에서의 변수는 뭔데?"

"오광훈 검사."

"응? 오빠 친구?"

"맞아."

노형진은 씩 하고 웃었다.

"검찰에서 우리가 검사의 힘을 안 쓰니까 만만하게 보는 모양인데, 우리도 엄연히 검사 라인이 있단 말이지."

바로 스타 검사들.

하지만 새론이 그들에게 청탁을 하게 되면 그때부터는 과거의 청계와 다를 바가 없기에, 새론은 사건은 함께 해결할지언정 청탁은 절대로 금지하고 있었다.

"그러니까 그들을 이용하면 돼."

"그 사람들한테 배당을 안 해 줄 텐데."

"배당의 개념은?"

"응?"

"검찰에서 사건의 배당이란 게 뭔데?"

고소 또는 고발이 들어오는 경우 검사에게 사건 수사에 대한 책임을 부여하는 것. 그게 바로 사건의 배당이다.

"그런데 이 사건은 그게 안 돼. 왜 그렇겠어?"

"그거야…… 어, 그러네. 이거 그냥 소문일 뿐이잖아?"

"그렇지. 소문이지."

진짜로 송정한이 범죄를 저질렀다는 증거도, 증인도 없다.

오로지 인터넷에 도는 소문과 뒷모습만 흐릿하게 찍힌, 사건과 관련된 건지조차도 알 수 없는 사진 한 장뿐이다.

"그러니까 엄밀하게 말하면 이건 배당할 수 없지."

아마도 검찰에서는 이 사건이 들어오면 자기네 파벌에게 배당하려 했을 거다. 그러고는 선거가 끝날 때까지 질질 끌면서 송정한에게 방화범이라는 프레임을 씌우려 했을 거다.

"그런데 그들이 잊은 게 뭔지 알아?"

"뭔데?"

"방화는 친고죄가 아니라는 거지."

노형진은 싱글벙글 웃으며 말했다.

사실 그도 처음에는 해결책이 없어 보였다.

하지만 여러 가지를 찾아보면서 온갖 가능성과 변수를 검토했고, 해결책이 있다는 걸 깨달았다. 그리고 그 과정에서 재미있는 사실도 알아냈다.

"아마 검찰이나 언론에서는 송정한 의원님이 유가족이나 허위 사실을 유포하는 사람을 고소할 거라 생각했을 거야."

그게 일반적인 대응책이니까.

실제로 대부분의 경우 사람들은 그걸 고발하지 않으려 할 거다.

"노동자들이 파업하면 손해배상을 청구할 걸 예상하고 설계하는 것처럼 말이지."

"그런데?"

"그런데 송정한 의원님이 방화범을 고발하면 어떻게 될까?"

"응?"

그 말에 서세영은 묘한 얼굴이 되었다.

그럴 수밖에 없는 게, 그게 불법은 아니니까.

하지만 또 그게 가능한 것도 아니었다.

"하지만 고발은 대상이 있거나 범죄를 인식하고 있어야 하잖아. 게다가 그 고발은 의미가 없는데?"

"그럼 뭐, 방화범 사건은 의미가 있냐? 엄밀하게 말하면 그것도 그렇지."

왜냐하면 방화범이 누군지 이제 안다고 해도 공소시효가 지났기 때문이다.

20년 전이면 법이 바뀌기 이전의 범죄다.

그리고 그 말은 살인의 공소시효가 15년이던 시절이라는 소리다.

다만 그 후에 25년으로 늘어나기는 했지만 그 이전에 발생한 사건에 대해서는 15년이 적용된다.

"잠깐, 그럼 뭐야? 누가 진짜로 송정한 의원님을 고발한다고 해도 수사는 할 수 없다는 거야?"

"아니, 할 수 있어. 다만 말장난을 하는 것뿐이지."

"말장난?"

"그래. 공소시효가 수사를 막는 법은 아니니까. 검찰 놈들은 그걸 노리는 거고."

수사를 막지는 않는다. 다만 그로 인한 처벌을 하지 않을 뿐이지.

검찰이나 경찰이 공소시효가 지난 사건을 수사하지 않는 건 조사해 봐야 처벌을 하지 못하기 때문이다.

"하지만 간혹 끝까지 물고 늘어지는 사람들도 있기는 하지."

형법상의 공소시효는 지났어도 민사소송은 가능하다.

법의 처벌이 아니라 유가족을 위해, 하다못해 진실을 위해 공소시효가 지났음에도 불구하고 물고 늘어지는 사람이 있다.

"그러니까 고발 자체는 가능하다는 거지."

"그러면 뭐가 어떻게 되는 건데……? 어?"

혼란스러워하던 서세영의 얼굴이 순간 환해졌다.

"그렇구나! 검찰 입장에서는 조사를 할 수가 없어!"

"맞아. 그놈들은 질질 끌면서 결과를 도출해 낼 수가 없다고 핑계를 댈 계획이었을 거야."

선거까지는 고작 3개월. 충분히 질질 끌 수 있는 시간이다.

그리고 그 시간 동안 조사한다는 핑계로 계속 송정한과 방화 사건의 연관 관계에 대해 떠들 거다.

"그런데 송정한 의원님이 방화범을 고발하면 어떻게 되겠어?"

"조사를 하기는 하는데…… 그림이 이상해지네."

송정한의 고발에 따라 조사하게 되었는데 원래 계획대로

한다면 고발자인 송정한만 조사하고 정작 사건 조사는 하지 않는 황당한 상황이 된다.

실제로 검찰은 고발이 이루어지면 정작 피의자는 조사하지 않고 고발한 사람들만 조사해서 그들의 인생을 조지려고 한 경우가 무척이나 많다.

보통은 가해자가 힘을 가진 권력자인 경우가 대부분이고 말이다.

"그런데 이번 사건의 고발자인 송 의원님은 힘을 가진 권력자지. 그러면 그림이 이상해지거든."

범인이 누군지도 모르는 상황이라면 공소시효가 지났음을 핑계로 조사하지 말아야 한다.

하지만 그건 다른 누군가가 고발해도 똑같은 이유로 조사를 하지 못하게 된다는 것을 뜻한다.

서세영은 경악한 얼굴로 감탄을 내뱉었다.

"와, 미친! 그게 그렇게 되나?"

"물론 검찰에서도 나름 방법을 찾으려 하겠지. 하지만 검찰의 무능함을 생각하면, 글쎄. 그게 쉬울까? 후후후."

노형진은 그렇게는 안 될 거라 생각했다.

⚖

송정한 의원, 완구동 방화 사건으로 검찰에 고발

송정한 의원, 유가족의 억울함을 이해한다며 무려 20년 전 사건을 해결하지 못한다는 것은 검찰의 무능이라고 주장. 지금이라도 해결책을 찾아야 한다면 완구동 방화 사건과 관련해 검찰에 고발장 제출

쾅!

최당식은 분노에 차서 자신의 책상을 내려쳤다.

그런 최당식의 모습에 휘하 검사들은 눈치만 살폈다.

"씨팔! 뭐야, 이게! 뭐? 우리는 신나게 떠들기만 해도 송정한 그 새끼를 떨구는 건 일도 아니라며!"

'아니, 왜 우리한테 와서 그래?'

'우리가 시작한 것도 아니고.'

휘하의 검사들로서는 억울한 노릇이었다.

갑자기 찾아와서는 송정한을 엮을 수 있는 사건을 아무거나 찾아보라고 한 건 다름 아닌 최당식이었으니까.

검사들 입장에서는 솔직히 찝찝하기 그지없었다.

한국검사회라는 조직에 속해 있지만 이제는 세력이 많이 줄어든 데다가 대상이 다른 사람도 아닌 송정한이다.

차기 대통령 후보를, 그것도 유력 후보를 건드리는 건 위험하다 못해 목숨을 내놔야 하는 일인데 최당식이 시키니 어쩔 수 없이 하기는 해야 했다.

그런데 작전을 짜고 지시한 장본인이 자기들에게 화를 내

다니.

"하지만 이걸 막을 수는 없습니다. 고발 권한은 모든 국민에게 있습니다."

"거절이라도 하란 말이야!"

"하지만 그렇게 되면 저희는 더 이상 조사 자체를 못 하게 됩니다."

"미치겠네."

원래 계획대로 사건을 질질 끌면서 송정한과의 관련성을 떠들기에는 그림이 이상해졌다.

"더군다나 오광훈과 그 패거리 놈들이 사건을 자신들에게 배정해 달라고 요구하고 있습니다."

"뭐? 그 새끼들이?"

"네, 그것도 아주 공개적으로요."

"안 돼!"

스타 검사들에게 배정하면 자신들은 진짜 손대지 못한다.

"하지만 그렇다고 아무한테나 배정할 수는 없지 않습니까?"

"씨팔."

공소시효를 핑계로 수사를 하지 않는다고 할 수도 없고, 그렇다고 스타 검사들에게 사건을 넘길 수도 없다.

"이런 젠장!"

접수를 거절하면 스타 검사들이 인지 수사로 파고들기 시작할 테고, 그렇게 되면 자신들이 엮일 수도 있는 일.

그렇다고 해서 직접 파고들자니 자신들이 할 수 있는 건 결국 하나뿐이다.

　　"이렇게 된 거, 방법은 하나뿐이다."

　　"네?"

　　"사건 접수하고 수사 개시해!"

　　"하…… 하지만 청장님, 너무 위험합니다."

　　"맞습니다. 이건 어차피 공소시효가 지나서 조사를 해 봐야……."

　　"입 닥치고 조사해. 계속 조사하면서 송정한 파고들어! 계획대로 그 새끼를 조사하면서 그 새끼 지지율을 떨구란 말이야!"

　　송정한이 대통령이 되면 자신은 죽는다. 확실하게 죽는다.

　　하지만 그만 막을 수 있다면?

　　'다음 대한민국 검찰총장은 나야.'

　　지금이야 서울중앙지방검찰청의 장이지만 이번 일만 성공하면 그냥 검찰총장이 된다.

　　그리고 잘만 하면 정계까지 노릴 수 있을지도 모른다.

　　송정한만 떨군다면 양쪽에서 적극적으로 밀어준다고 했으니까.

　　설사 그들이 나중에 마음을 바꿔 도와주지 않는다 해도 검찰의 캐비닛만 열면 조져 버릴 수 있다.

　　'내 미래를 위해서라도 말이지.'

　　그랬기에 최당식은 여기서 물러날 수가 없었다.

"어차피 고발이 들어왔지만 가해자가 누군지도 모르잖아?"

"그러니까 거절하는 게 순리에 맞습니다."

사건도 이미 검찰이 인식하고 있고 공소시효가 끝나서 수사의 의미도 없다.

더군다나 고발할 때는 기본적으로 범인으로 의심되는 사람의 인적 사항이 필요하다.

그렇기에 그마저도 없는 상황에서 그냥 고발만 하는 경우 검찰은 거절할 수밖에 없다.

즉, 수사를 하든가 아니면 영원히 포기하든가, 둘 중 하나를 택해야만 한다는 뜻이다.

"닥치고 접수받아! 어차피 송정한이 범인이야! 그렇게 만들어! 검찰이 그것도 못하면 나가 뒈져야지!"

말도 안 되는 주장을 펼치는 최당식을 보면서 부하들은 어째 자기 목숨 줄이 시시각각 줄어드는 느낌이었다.

⚖️

검찰, 완구동 방화 사건에 대한 수사 착수

뉴스는 간략하게 보도되었다.

그 뉴스를 보면서 노형진은 혀를 끌끌 찼다.

"얍삽하네요."

"그러게 말이야. 이런다고 해서 감춰질 것도 아닌데."

이걸 고발한 것은 다름 아닌 송정한이었다. 고발 현장에 기자들을 불러 놓고 인터넷으로 생중계해 대중에게 대대적으로 보여 줬다.

하지만 그럼에도 불구하고 검찰은 고발자가 송정한이라는 사실을 슬며시 빼 버리고 수사에 착수한다는 것만 알리고 있었다.

"안 봐도 뻔하죠. 그림이 좀 이상해지기는 했지만 어찌 되었건 엮어 보겠다 이거죠."

"망할 놈들."

안 봐도 뻔한 계획이기에 노형진은 송정한을 보며 쓰게 웃었다.

"예상하셨던 상황 아닙니까? 이건 검찰의 최후의 발악입니다. 아시겠지만 이제 여기서 물러나면 검찰은 권력을 상실하게 됩니다. 송 의원님은 기소 독점권을 날려 버릴 생각이시니까요."

현재 검찰의 핵심은 뭘까? 바로 검사의 기소 독점권이다.

그런데 사람들이 종종 착각하는 게 있다. 바로 검사의 기소 독점권이 헌법에서 기인한다는 거다.

"그래야 나라가 멀쩡하게 굴러갈 테니까. 지금 검사가 검사야? 뒤에서 나라를 지배하려 하는 놈들이 무슨 검사야?"

하지만 헌법 어디에도 기소를 검사만 하라는 말은 없다.

검찰은 수십 년 동안 그게 마치 헌법이 자신들에게 부여한 유일한 권리인 것처럼 홍보했지만, 사실 기소 독점권은 헌법이 아니라 형사소송법이 보장하고 있다.

당연히 그걸 고치는 건 불가능하지 않다.

그리고 송정한은 그걸 대통령 선거에서 공약으로 내놓을 생각이었다.

"현재 검사들의 20% 이상, 아니 상위 검사들의 80% 이상은 그게 고쳐지는 순간 인생을 종 칠 겁니다."

검사들이 자기들을 지키는 방법은 간단하다.

사기를 쳐도, 살인을 해도, 강간을 해도 자기들이 스스로 기소만 하지 않으면 되니까. 그러면 처벌을 못 하니까.

그런데 그게 사라지면 그들은 살아남을 방법이 없다.

"그러니까 민간 기소 위원회를 만들자 이거지?"

"네, 맞습니다."

물론 모든 사건을 기소 위원회를 통해 해결할 수는 없다.

하지만 권력형 범죄 그리고 검찰에서 기소를 거절한 범죄의 경우에 한해 민간 기소 위원회에 청구한 후 재심사를 통해 기소를 결정하도록 할 수는 있다.

최소한 그곳은 검찰의 정치적 입장이 아니라 대중의 입장에서 판단하기에 검찰로서는 자신들의 가장 강력한 무기를 잃어버리는 셈.

그래서 검찰은 그걸 막으려고 눈을 까뒤집은 상황이었다.

"아마 무력이 있었다면 검찰은 쿠데타라도 일으켰을 겁니다."

"끄응, 그렇지."

사람들은 쉽게 개혁을 입에 담는다. 개혁이니 혁신이니 하는 것들.

하지만 그 이면에서 벌어지는, 기존 권력을 가진 자들의 저항은 너무 쉽게 생각한다.

지금의 스마트폰 시장만 봐도 그렇다.

전 세계에 스마트폰 열풍이 불 때, 그리고 와이파이가 상용화될 때 한국에서는 스마트폰도, 와이파이도 상용화 허가가 나지 않았다.

그게 상업적으로 가치가 없어서? 아니면 위험한 기술이라서?

아니다. 한국에 있던 기존 핸드폰 업자들과, 초당 150원이라는 괴랄 한 가격으로 실수로라도 핸드폰으로 인터넷을 쓰면 자살할 정도의 요금이 부과되도록 만든 한국의 업자들이 온갖 로비로 막았기 때문이다.

당장 와이플페이만 해도 전 세계에서 다 쓰는 걸 한국에서만 못 쓴다. 왜 그러겠는가?

한국이 고속도로 하이패스를 처음 설치할 때 한국 업체가 해외 업체 차량을 따라다니며 전파방해를 한 건 비밀도 아니고, 정부는 그걸 알면서도 한국 업체에만 하이패스 권한을 줬다.

하이패스에 보면 꼭 30킬로미터로 저속하라는 경고 문구가 붙어 있는데, 사실 그건 아무런 의미도 없을뿐더러 도리어 위험한 행동이다.

빨리 지나가라고 만든 게 하이패스인데 감속하면 뒤에서 들이박으니까.

그럼에도 불구하고 그런 규정이 생긴 것은 그 당시의 기술력이 너무 떨어져서 시속 30킬로미터가 넘으면 하이패스의 감지력이 크게 하락했기 때문이다.

지금은 기술이 발달해서 그렇지 않지만 과거의 문제의 흔적이 여전히 남아 있는 것.

"기술조차도 그 지랄인데 권력이라면 더하면 더하지 덜하지는 않지요."

왕이 되기 위해 형제자매를 넘어 친자식조차도 죽이는 게 바로 인간이다.

하물며 검찰이 쉽게 포기하고 공정하고 올바른 길을 가려고 할까? 그럴 리가 없다.

"하여간 자네 생각대로 날 공격할 생각을 굳힌 것 같군. 그러면 방법은 하나뿐이군."

"네, 맞습니다. 하나뿐이죠. 그놈들이 공격하는 대상을 확대하는 것."

그들은 어떻게 해서든 송정한을 공격하려 할 거다.

끊임없이 송정한을 입에 올리고 송정한의 이미지를 망치려 할 거다.

"그러니까 우리는 피해자를 이쪽으로 끌어오는 거죠."

"피해자라……. 하지만 이미 저쪽에서 피해자에게 접근하지 않았나?"

실제로 얼마 전부터 완구동피해자협의회라는 곳에서 송정한을 물어뜯으며 책임지라고 지랄 발광을 하기 시작했다.

"네, 알고 있습니다. 하지만 그중 일부는 가짜 피해자일 겁니다."

"가짜?"

"솔직히 거기에 나온 사람 중 피해자는 한 명뿐일걸요."

기자회견을 할 때 다른 사람들이 병풍처럼 그 뒤에 서 있었던 것은 사실이지만 그들이 다 피해자일 리가 없다.

"어떻게 아나?"

"너무 젊더군요."

"젊다고?"

"네."

노형진은 어깨를 으쓱했다.

검찰 측인지 아니면 정계 쪽인지는 모르지만 이걸 설계한 놈들은 따라 하는 데 집중하느라 디테일에는 신경을 쓰지 못했다.

노형진이라면 그런 디테일을 놓치지 않았을 테지만, 그들은 애초에 직접 작전을 세워 본 적이 없으니 디테일까지는 신경 쓰지 못했던 것.

"이 사건은 20년 전에 발생했습니다. 그런데 그 뒤에 있던 사람들은 잘해 봐야 40대쯤 되어 보이더군요."

실제로 영상 속의 모습은 30대 아니면 40대가 대부분이다.

"당시 피해자들의 나이를 보세요."

가장 젊은 사람이 30대 부부였다. 그리고 가장 나이가 많은 사람은 60대 노인이었고 말이다.

"나이가 문제인가?"

"네. 문제입니다. 그 가족들은 현장에서 다 죽었으니까요."

실제로 밤에 이루어진 방화로 인해 일가족이 모두 죽었다. 그러면 유가족은 누굴까?

"일가족이 거기에서 죽었다면 유가족은 아마도 사촌 정도겠지요."

만일 사망자가 30대라면 유가족도 비슷한 나이가 될 거다.

사건이 20년 전의 일이니 지금쯤 대부분 나이가 오십은 되어야 한다.

"더 어릴 수도 있겠지요. 그런데 어린 사람들, 예를 들어 사촌 동생이나 조카 같은 사람들의 유가족으로서의 권리는 과연 얼마나 되느냐가 문제가 되죠."

"흠, 그렇군. 그걸 생각을 못 했군."

확실히, 유가족은 일반적으로 직계를 의미한다.

형제는 유가족이 될 수 있다. 부모도 유가족이 될 수 있다.

그런데 피해자들이 현장에서 전부 사망한 탓에 어린 자식대의 유가족이라고 할 만한 형제는 없다.

아버지 대의 형제라기에는, 거기에 나온 사람들의 대부분이 너무 어리다.

"지금까지 유가족의 영역을 다룬 판결이 없었으니까요."

"유가족의 영역이라……. 하긴 그런 거에 대해 진지하게 고민해 본 적이 없군."

"물론 그 완구동피해자협의회에서 나온 사람들이 조카들이라면 나이야 맞겠지만, 그들이 유가족인지 법적으로 판단한다면 어떨까요?"

"애매하군."

과연 조카를 유가족으로 볼 수 있을까?

더군다나 20년 전 사건이라면 어린 시절이었을 텐데?

"그 유가족 대표라고 발표한 사람도 결국 친형이 죽은 거고 말입니다."

그럴 수밖에 없다. 그 방화로 인해 일가족이 모두 사망했으니까.

"그러니까 진짜 유가족을 찾아야지요."

"하지만 자네가 말했잖나? 조카는 유가족이 될 수 없다고."

"물론 그렇습니다. 그러나 친밀한 관계라면 조금 다를 수는 있죠."

노형진은 고개를 끄덕거렸다.

그 말대로 아주 친밀한 관계라면, 가령 조카와 삼촌 관계지만 같은 집에서 살았던 사람이라면 유가족이 될 수 있다.

"그런데 문제는 그 남자의 목적이 웃기다는 거죠."

"웃기다니?"

"무려 20년 전 사건입니다. 그리고 경찰과 검찰에서도 범인을 찾지 못해서 그냥 방치했던 사건이에요. 그런 사건을 왜 그 남자는 방치했을까요?"

정말로 유가족일 수도 있다. 하지만 사건 해결에 대해 그리 신경 쓰지 않았다.

"결정적으로, 왜 이제 와서 갑자기 그렇게 난리를 피울까요?"

무려 20년간 모른 척 가만있다가 갑자기 언론에 나서서 유가족이라며 난리 법석을 떠는 이유가 뭘까?

물론 그런 사건이 벌어져도 개인이 할 수 있는 게 없다는 것도 이해하고, 검찰에서 아무것도 안 한다면 개인이 검찰에 빠른 수사를 요청하는 게 사실상 의미 없는 일이라는 것도 인정한다.

아무리 억울하다고 빠른 수사와 진실을 요구해도 검찰에는 그냥 악성 민원인일 뿐이니까.

하지만 그래도 그 남자의 행동은 이상하다.

"정말 절실했다면 그 이전에 어떤 방법이든 찾아서 사건의 진범을 잡으려 했을 겁니다."

그런데 20년간 잠자코 있다가 갑자기 나서서 자신이 유가족이라고, 송정한더러 책임지라고 외쳐 댄다?

"어디서 많이 보던 거 아닙니까?"

"그, 자식을 버렸다가 나중에 나타나는 인간들?"

"정확합니다."

자식을 내다 버렸다가 나중에 나타나서 자식에게 책임지라고 하거나 자식이 죽기라도 하면 그 재산을 내놓으라고 성화를 하는 사람들.

그런 사람들이 딱 이런 모습을 보인다.

"그러니까 우리가 진짜 유가족, 아니 배상을 받을 상속권자를 찾아야지요."

"하지만 누구를?"

노형진의 말에 송정한은 고개를 갸웃했다.

그럴 수밖에 없는 게, 이미 저쪽에서 유가족들을 꽉 잡고 있기 때문이다.

"저는 그렇게 생각합니다. 법적으로 유가족을 특정한다면 그건 상속권자를 의미한다고요."

"그렇겠지."

"그렇다면 아버지의 형제라고 주장하는 저쪽의 상속권은 얼마나 될까요?"

"응?"

"저쪽이 멍청한 거죠."

형제가 죽었다. 그럼 그 형제의 재산은 자신의 것이다.

그러니까 범인을 찾아서 그 배상금을 받는다면 그것도 자신의 것이라고 생각하는 거다.

그리고 검찰도, 정계도 그렇게 생각하는 거고.

"그런데 말입니다, 법적으로 상속은 사망의 순서에 따라 이루어지게 되어 있습니다. 문제는 그걸 모를 때 일어나죠."

"어? 어? 아!"

그 말에 송정한의 눈이 크게 뜨였다.

실제로 이건 변호사를 비롯해 법대에 들어간 사람들이 가장 기본적으로 배우는 영역이다.

상속은 사망의 순서대로 내려간다. 예를 들어 남자가 죽으면 그 상속권자는 아내와 자식이고, 형제와 부모에게는 상속권이 없다.

그러나 반대로 자녀가 죽으면 1순위 상속권자는 부모이지, 형제가 아니다.

"그런데 이번 사건 같은 경우는 애매하죠."

뭐가 애매하냐면, 화재로 인해 사망한 일가족 중 누가 먼저 죽었는지 알 수 없다는 거다.

누군가는 사람이 죽었는데 그게 뭐가 중요하냐고 말할지도 모른다.

하지만 죽음이 안타까운 건 사실이나 그로 인해 법적으로 돈이 왔다 갔다 하는 문제는 복잡하기 그지없다.

"그런 경우에는 사망을 순서대로 한 걸로 추정하지."

"맞습니다."

일가족이 이번 사건에서처럼 동시에 사망하는 경우, 상속의 순위를 정하기 위해 사망의 순서를 추정한다.

단순히 그렇게 추측하는 게 아니다.

실제로 화재 속에서 부모가 살아 있었다면 아이의 보호를 우선시할 게 당연하기에 부모가 먼저 사망한 후 아이가 사망했으리라고 추정하는 거다.

"그리고 아이가 상속자라면 그 상속 권한을 가진 사람은 어마어마하죠."

법적으로 보면 상속권을 가진 사람은 4촌 이내 혈족이다.

그런데 사람들이 착각하는 게, 이건 친가만 해당되지 않는다는 거다.

물론 순위가 다르기는 하다.

예를 들어 1순위는 당연히 아내와 자식이고, 그들이 100% 가져가게 되어 있다.

그렇다면 큰아버지와 외삼촌은 어떨까?

둘 다 아버지와 어머니 기준으로는 항렬이 같으므로 동일한 상속권을 가질까?

그리고 법리적으로 봤을 때 사망한 부모 사이에 아이가 있는 경우, 친가 쪽에서 100% 가져가는 게 맞을까?

예를 들어 이번 사건을 기준으로 할 경우 마지막에 죽은 사람이 아이인 것으로 감안하여 상속자를 판단한다.

그러면 상속자는 아이의 4촌 이내 혈족을 기준으로 판단하게 된다.

그리고 상속권은 친가뿐만 아니라 외가에도 영향을 미친다. 왜냐하면 법적으로는 친가나 외가나 같은 비중을 두고 있으니까.

그리고 그런 경우는 외가의 외사촌까지 4촌 혈족으로서 상속권을 가진다.

아버지가 최후에 죽었다면, 그리고 그걸 증명할 수 있다면 저기서 떠들고 있는 협의회의 주장이 어느 정도 맞을 수도 있지만 사망의 추정에 따르면 그의 주장은 그저 주장일 뿐이다.

"설마 그 외가 쪽을 데리고 올 생각인가?"

"네, 맞습니다."

외가 쪽이 온다면 상속, 아니 배상금에 대한 문제를 따지기가 애매해진다.

"하지만 우리가 배상금을 줄 수는 없지 않나?"

송정한은 가장 핵심적인 문제를 지적했다.

"자네 말은 이해가 가. 하지만 우리가 배상금을 준다는 것 자체가 내가 범죄를 저질렀다는 가장 확실한 증거가 된다네."

"물론 배상금은 줄 수 없죠. 그건 자폭입니다. 하지만 같이 현상금을 걸 수는 있죠."

"현상금?"

"네. 어차피 이번 사건은 누구도 진실을 모르는 사건입니다. 일단 조사 중이지만요."

애초에 검찰에서 진짜 범인에 관심이나 있겠는가?

그들은 절대로 진범에 관심이 없을 거다.

"아마 그들도 직감적으로 알 겁니다, 이미 진범은 죽었을 거라는 걸."

그러니 진범 추적은커녕 조사도 안 할 거다.

"그러니 이쪽도 진흙탕 싸움을 하죠."

"하긴, 저쪽에서 더럽게 싸우기를 바라는데 굳이 깨끗하게 지낼 이유가 없지."

저쪽은 더럽게 싸우는 걸 선호한다. 그리고 이쪽에서 더럽게 싸우면 온갖 욕을 퍼붓는다.

하지만 그게 두려워 깨끗하게 싸우려 한다면 반드시 질 수밖에 없는 구조.

"그러니까 더럽게 싸워야지요."

그리고 노형진은 더러워지는 걸 두려워하지 않는 사람이었다.

더러운 건 내 전공

　모든 싸움은 더러운 자가 유리할 수밖에 없다.

　"왜냐하면 깨끗한 쪽은 사용할 수 있는 방법이 제한되어 있거든."

　더러운 쪽에서 뇌물로 50억을 받으면 사람들이 뭐라고 할까? '원래 그런 놈들이니 뭐 그럴 수도 있지.'라고 말한다.

　"하지만 깨끗한 사람은 단돈 500만 원만 받아도 죽여야 한다고 지랄 발광하지."

　이야기를 듣던 서세영이 입을 열었다.

　"하지만 난 이해가 안 가."

　"뭐가?"

　"그렇게 부패한 사람이라는 걸 알면서도 어떻게 계속 지지

할 수 있어?"

"그건 두 가지 때문이라고 볼 수 있어."

"두 가지?"

"그래. 하나는 한국에서 정치는 생활이 아닌 종교가 되었다는 것. 다른 하나는, 타인의 부패가 내 생활에 어떤 영향을 주는지 생각하지 않는다는 것."

"끙, 부정을 못 하겠네."

현실이라는 게 그렇다.

정치는 생활이어야 한다.

생활을 하다 보면 수많은 선택을 한다. 뭘 먹을까, 뭘 사야 할까, 어디로 가야 할까 등등.

정치도 마찬가지.

여러 가지를 생각하고 그 가능성을 가늠하고 가장 좋은 선택을 해야 한다.

'하지만 모든 정치인은 정치를 종교화하고 싶어 하지.'

단순히 한국만의 문제가 아니다. 전 세계의 모든 정치인이 다 그렇다.

왜냐하면 그게 자신의 권력을 유지하기 쉬우니까.

더군다나 인간의 역사에서 정교분리가 이루어진 시간은 아주 짧다.

과거에는 정치와 종교가 한데 묶여 무소불위의 권력을 휘둘렀다.

그 사실을 알고 있는 정치인들은 자기들의 권력을 위해서라도 종교화하려고 노력한다.

"종교가 된 정치는 부정이 인정되지 않아."

종교인이 범죄를 저질러도 그 신도들이 필사적으로 지키려 하는 것처럼, 부패하고 종교화되어 버린 정치는 지지자들이 국가를 전복해서라도 지키려 한다.

당장 홍안수가 쿠데타를 일으킨 걸 두 눈으로 똑똑히 봤음에도 불구하고, 그래서 나라가 망할 뻔했음에도 불구하고 여전히 홍안수의 지지율은 10%가 넘어간다.

10%가 대수냐고 할지도 모르지만 국가 전복을 시도했던 반역자의 지지율이 여전히 10%가 넘는다는 건 절대로 있을 수 없는 일이다.

더군다나 친위 쿠데타가 아니던가?

"인간은 보고 싶은 것만 보고 믿고 싶은 것만 믿지."

그게 이 난리를 만드는 거다.

"그리고 깊이 생각을 하지 않으니까."

정치인을 잘못 뽑으면 모든 게 망가진다.

하지만 사람들은 그런 일들이 자신과 상관없다고 생각한다.

대부분의 사람들은 나라가 잘사는 것보다는 내가 가진 집의 시세가 올라가는 걸 선호한다.

"선거철만 되면 진짜 웃긴다니까."

아파트값을 잡지 못했다고, 그래서 나라 경제를 망쳤다고 외치던 정치인이 선거철만 되면 아파트값을 올리겠다는 공약을 들고나온다.

웃긴 건 거기에 열광하고 사람들은 그에게 표를 준다는 거다.

그리고 그가 권력을 잡은 후에는 아파트값을 잡지 못했다고 다시 상대방을 욕한다.

"그러니까 이쪽도 깨끗한 이미지를 고수할 이유는 없다는 거야."

"그래서 오빠가 새론을 이원화한 거라고는 들었어."

"맞아."

새론은 범죄자들도 보호한다. 심지어 그걸 위해 기존의 청계 출신이나 사회적으로 다소 질이 떨어진다고 생각되던 변호사들까지 받아들였다.

"처음에는 주변에서 걱정을 많이 했지."

새론의 이미지가 좋은데 굳이 그런 사람들을 받아들일 필요가 있느냐는 말이 그때 많이 나왔다.

"심지어 그때 막 욕하는 사람들도 있었다면서?"

"맞아. 그래서 떠난 변호사들도 있었고."

새론에서 떠난 변호사들은 새론은 깨끗해야 한다며, 타락한 새론은 새론이 아니라 비난했다.

"그런데 우리가 마냥 깨끗한 이미지를 고수한다면 어떻게 되겠어? 당연히 그냥 두들겨 맞는 수밖에 없어."

"이해가 가긴 해."

그 당시에 욕한 사람들이 하는 말은 하나같이 똑같았다.

깨끗한 이미지를 가지는 게 얼마나 힘든데 그걸 굳이 해치려고 하느냐.

"하지만 다른 건 몰라도 로펌이나 변호사는 그런 이미지가 고착화되면 안 돼."

범죄자를 위해 구명 운동을 한 것도 아니고, 그저 법에서 정한 법적인 보호를 위해 변호사들을 영입한 것뿐이다.

그런데 그것만으로도 욕먹을 정도로 이미지가 깨끗하다면, 다음에는 범죄 관련자를 변호만 해도 욕먹을 것이다.

"실제로 그런 일이 있었고."

"진짜?"

"그래, 웃긴 거지."

어떤 변호사가 정치에 투신했다.

그런 그가 한때 조카를 변호해 준 적이 있는데, 조카가 범죄를 저지른 건 사실이었다.

문제는 그걸 사람들이 욕한다는 거다.

어떻게 범죄자를 변호하느냐고 말이다.

심지어 친조카를 변호해 줬다고 반대파에서는 그를 고소하기까지 했다.

당연히 무혐의가 났지만 말이다.

"무죄 추정의 원칙도, 변호사가 뭐 하는 사람인지에 대한 개념도 없는 거지."

그냥 이미지에 똥칠만 할 수 있으면 된다는 그런 공격인 셈이다.

　　"그래서 좋은 이미지만 유지해서는 안 된다는 거야. 때때로는 공포가 상대방을 컨트롤하기에 더 좋지."

　　"음, 그래서 이런 작전을 설계한 거야?"

　　"그렇지."

　　노형진은 빙긋 웃었다.

　　"메시지를 공격하지 못한다면 메신저를 공격하라. 정치권에서 자주 쓰는 방법이지. 그런데 나라고 왜 그 방법을 못 쓰겠어?"

　　그렇게 말한 노형진은 다시 한번 피식 웃었다.

　　"자기들만 배운 줄 아나 봐."

　　창의력도 없으니 내가 배운 건 당연히 남도 배웠을 거라는 걸 생각 못 하는 검찰의 행동에 노형진은 그저 비웃음만 흘러나왔다.

⚖

　　얼마 후 송정한은 본격적으로 유가족을 만나고 다니기 시작했다. 그런데 여기서 문제가 발생했다.

　　─유가족 대표라지만 난 당신 본 적도 없는데?

　　─뭔 소리야? 내 동생이 거기서 죽었어!

—내 딸이 그때 죽었다. 하지만 당신 같은 인간은 본 적도 없어!

검찰 측에서 내보인 유가족과 송정한 측에서 만난 유가족.
양쪽 다 상대방의 존재를 몰랐던 것.
그리고 인터넷에서 설전이 시작되었다.

—이거 뭐임?
—양쪽 다 유가족인데 서로 유가족이 아니라네?
—아니, 이거 둘 중 하나 가짜 아님?

다들 어리둥절할 수밖에 없었다.
왜냐하면 유가족끼리 싸우는 건 거의 보기 힘든 경우이기
때문이다.
이렇게 대놓고 인터넷에서 싸우는 경우는 더더욱 말이다.
"노 변호사님 계획이 맞네요."
무태식은 노형진의 말대로 흘러가는 상황을 지켜보며 히
죽 웃었다.
"메신저를 공격하라."
"맞죠? 이제 사람들의 시선은 한쪽으로 쏠릴 겁니다."
송정한이 방화범이 맞냐는 불확실한 문제가 아니라, 둘 중
어느 쪽이 가짜 유가족인지 구분하려는 문제로 말이다.
실제로 어느 틈엔가 송정한 이야기는 스윽 사라지고 어느

쪽이 진짜 유가족인지에 대해서만 인터넷에서 다툼이 나고 있었다.

"사실 둘 다 유가족은 맞을 겁니다."

하지만 검찰에서 접근한 사람들은 친가 쪽일 거다. 그것도 선동에 필요한 극소수일 게 뻔하다.

"왜냐하면 선동해 달라고 하면 대부분 거절하니까요."

상대방은 권력을 가진 정치인, 그것도 아주 강한 힘을 가진 정치인이다.

"아무리 유가족이고 배상금을 받을 권한을 주장한다지만 말이죠, 현실적으로 송정한 의원님이 범인이라는 증거는 없으니까요."

결국 자신은 아무런 이득도 없이 뜬금없이 송정한이라는 정치인과 싸우는 꼴이 된다.

"더군다나 20년 전 사건이니까요."

"맞습니다. 시간은 모든 걸 흐리게 하죠."

노형진은 무태식의 말에 수긍하며 고개를 끄덕거렸다.

무려 20년 전 사건.

피해자가 죽었을 때는 가슴 아프고 세상이 무너지는 느낌이었을지 모르지만, 20년이 지난 이 시점에는 그저 과거의 일일 뿐이다.

물론 그때 그 일이 슬프지 않은 건 아니지만 권력자에게 대항해서 인생을 걸고 고소를 진행할 정도의 일은 아니다.

더군다나 진짜 증거가 있는 것도 아니고 선동을 사주받은 상황에서는 더더욱 그렇다.

　"머리도 식었을 테고, 합리적인 의심을 하기 시작할 시간이죠."

　만일 사건이 터진 직후에 누군가 선동했다면 아마 분노에 미쳐서 바로 고소를 진행했을 거다.

　하지만 무려 20년이 지났다.

　이제 와서 아무런 증거도 없이 낯선 누군가가 '사실은 저 사람이 범인일지도 모릅니다.'라며 알려 준다 한들 언론 앞에 나설 사람이 얼마나 될까?

　그것도 그 대상이 대단한 권력을 가진 자라면 더더욱 말이 안 된다.

　"결국 정치적인 관련자라는 거죠."

　하다못해 송정한을 찍어 내고 싶어 하는 사람에게 충성하는 충성파라는 거다.

　"그런 사람이 흔하지는 않을 테고."

　결국 답은 나와 있다.

　"이제 스스로를 증명해야 하는 시간입니다, 후후후."

⚖

　"저희는 그 사람에 대해 들어 본 적도 없습니다."

송정한은 많은 사람을 만났다. 그리고 그들은 단순한 유가족이 아니었다.

정확하게는 친가와 외가 양쪽 다 만나고 다녔기 때문이다.

그들 중 대부분은 여전히 범인을 찾고 싶어 했다.

정치적 목적과 별개로, 친인척이 죽었는데 범인을 찾기 싫어할 사람은 없다.

하지만 아무리 범인을 잡고 싶다 한들 난데없이 어떤 미친 놈이 방송에 나와 송정한이 범인일지도 모른다며 송정한을 규탄하는 데에 휘둘리지는 않았다.

"아마도 친가 쪽일 겁니다."

"친가 쪽요?"

"네. 스스로 친동생이 죽었다고 하니 어느 집안의 아버지 쪽 형제겠죠."

나이로 봐도 그렇고 상황으로 봐도 그렇다.

"그러니 너무 미워하지 마세요."

노형진은 그들을 다독거리며 말했다.

"그리고 그쪽이 뭐라고 떠들든 그건 그쪽 책임이니까요."

노형진의 말에 다른 유가족들 역시 고개를 끄덕거렸다.

굳이 자신들이 그들과 대립각을 세울 필요는 없으니까.

"끄응. 그건 알겠습니다만, 솔직히 이제 와서 갑자기 자기가 유가족이라고 설치는 건 진짜 마음에 안 듭니다. 우리한테 연락한 것도 아니고. 보니까 소문으로는 돈 노리고 그런

다던데."

"맞습니다. 애초에 유산도 거의 없었고, 이제 와서 누구한 테 배상을 받겠다고 저 난리를 치는 건지 이해가 안 갑니다."

노형진과 만났던 유가족들은 대부분 검찰 쪽 유가족들의 행동에 실망을 금치 못하고 있었다.

사망자 대부분은 가난한, 하루 벌어서 하루 먹고살던 사람 들이었다.

애초에 잘사는 곳이었다면 화재가 그렇게 사람이 죽을 정 도로 커지지 않았을 거다.

아무리 20년 전이라 해도 화재 경보 시스템도 잘되어 있었 을 테고 화재 발생 시 진압 시스템도 잘되어 있었을 테니까.

"벌써 20년 전입니다. 저치들이 얼마나 받아 갔는지는 모 르겠지만 이제 와서 상속권을 주장하면서 돈 내놓으라고 하 고 싶진 않아요."

20년 전 죽은 동생의 재산을 내놓으라고 굳이 개싸움 하고 싶은 생각은 누구에게도 없었다.

죽은 이들의 재산은 얼마 되지도 않았던 데다가 무려 20년 전이다. 물가의 상승을 생각하면 의미도 없을뿐더러, 애초에 20년 지나서야 돈 달라고 해 봤자 인정받기도 힘들다.

민법상의 상속이나 채권에도 시효라는 게 있으니까.

"아, 오해는 하지 마세요. 저희는 이제 와서 여러분들에게 저희를 위해 저쪽과 개싸움을 해 달라고 찾아온 게 아닙니다."

"그러면요?"

"다만 저희와 함께 싸워 주셨으면 합니다."

"미안하지만 그건 더 곤란합니다."

유가족은 그 말에 눈을 찡그렸다.

"저희는 정치적인 사건에 휘말리고 싶지 않아요."

'그래, 이게 정상이지.'

이제 와서 증거도 없이 현직 정치인이 범인이니 책임지라고 떠드는 건 정상이 아니다.

그리고 아무리 검찰에서 노력한다 해도 이게 정치적인 사건이라는 걸 모를 정도로 국민들이 멍청한 것도 아니고 말이다.

"아, 아닙니다. 그런 계획은 전혀 없어요."

"그러면요?"

"저희는 그저 진범을 찾고 싶은 것뿐입니다."

"진범을 잡아서 뭐 하시게요?"

"진범을 잡아서 뭘 하려는 게 아니라, 그냥 찾고 싶은 겁니다."

노형진은 유가족을 바라보며 말했다.

"저희가 원하는 건 처벌이 아닙니다. 진실이지."

"진실요?"

"네."

"하지만……."

무려 20년 전 사건이다. 그리고 그 사건은 해결되지 못했다.

이제 와서 해결이 될 리가 없다고 다들 포기하고 있었다.

"솔직하게 말하죠. 진실, 저희도 알고 싶습니다. 하지만 말입니다, 그로 인해 고통받는 것도 저희죠."

사람들은 유가족이라면 다 진실을 알고 싶어 할 거라고, 그래서 어떻게 해서든 범인을 잡고 싶어 할 거라고 생각한다.

하지만 모든 사람이 그런 건 아니다.

"공소시효가 남아 있으면 모를까, 그것도 끝났다면서요?"

이제는 처벌도 할 수 없다.

살인범에게 민사소송을 할 수야 있겠지만 그 배상금이 얼마나 나오겠는가?

설사 배상금으로 억만금이 나온다 하더라도, 실제 지급할 수 있을 거라 보기는 힘들다.

유가족뿐만 아니라 건물주도 피해자이기 때문이다.

"솔직히 저희한테는 이게 저희의 상처를 들쑤시는 것처럼 느껴지기도 합니다."

잊고 싶다. 그저 모른 척 살고 싶다.

너무 오래 고통받은 피해자들의 마음은 차라리 그런 느낌인 경우도 많다.

그 말에 노형진은 진지하게 고개를 끄덕였다.

"알고 있습니다. 그 때문에 저희가 상당히 조심스러운 것도 사실이고요."

정치적 목적으로 그들을 이용하려 한다면 당연히 거북스

러워할 테니까.

"솔직히 말씀드리죠. 저희가 봤을 때 범인은 이미 죽었습니다."

"죽었다고요?"

"네. 저희 측 프로파일러 이야기로는 그럴 가능성이 높다고 하더군요."

강간과 더불어 재범률이 극도로 높은 방화라는 죄. 그걸 저지르게 만드는 충동이 한순간에 사라지지는 않는다.

"그렇다고 과거처럼 돌아가지도 못한다고 하더군요."

처음에는 쓰레기를 태우는 작은 불에서 시작되었을지도 모른다. 하지만 결국에는 쓰레기를 태우는 것으로 그치지 않고 건물을 불태워서 사람을 죽였다.

"방화범에게 불이란 통제력을 의미합니다. 자신의 힘이고요. 자신의 힘으로 사람을 죽일 정도로 불을 키운 놈이 나중에 가서 작은 쓰레기나 태우면서 만족할 수는 없다고 하더군요."

"그런데요?"

"그런데 어느 순간 방화 사건이 더는 일어나지 않았습니다."

정확하게는, 같은 패턴을 보이는 방화 사건이 일어나지 않았다.

"그러면 범인은 아예 불을 지르지 못하게 된 상황에 처한 것으로 봐야 할 거라고 하더군요."

한국에서 그럴 가능성은 크게 세 가지다.

첫 번째, 방화범이 남성이어서 군대에 간 경우.

하지만 20년 전의 군 복무 기간은 2년 6개월이니 방화범의 특성상 제대하고 나서 다시 불 지르고 다녔어야 정상이라고 했다.

"두 번째는 교도소 같은 곳에 들어간 것."

실제로 그런 경우가 종종 있다.

다른 죄로 인해 교도소에 들어가는 바람에 연쇄 범죄가 끊어지는 경우가 적지 않은 것이다.

"하지만 프로파일러 이야기로는 그럴 가능성은 낮다고 하더군요."

"어째서요?"

"방화범이 위험한 건 방화로 사람을 위협하기 때문이지, 그 자신이 위험한 건 아니기 때문이라는 거죠."

불을 질러서 우연히 사람을 죽게 만들 수는 있겠지만 다른 죄로 사람을 죽게 할 가능성은 높지 않다는 거다.

그런데 현재 지난 20년간 벌어진 사건들을 아무리 살펴봐도 비슷한 방화 사건은 없었다.

"즉, 다른 죄로 감옥에 갔다 해도 20년 형 이상의 강력한 처벌이 나올 가능성은 없다고 봐도 무방하다는 겁니다."

사실 한국에서 20년 형 이상이 나오려면 무조건 살인이어야 한다.

아니면 정치적 사건으로 검사와 판사가 작정하고 그를 죽이려고 하든가.

설사 그렇다고 해도 20년 형이 나오려면 반역 수준으로 사건을 조작해야 한다.

"그런데 방화범은 자체적인 공격성은 낮아서 다른 죄로 인해 그렇게 엮일 가능성은 아주 낮다고 합니다."

즉, 교도소에 들어가 있을 가능성도 거의 없다.

"그러면 남은 건 한 가지뿐이죠."

그렇게 말한 노형진은 순간 고민하는 표정을 짓더니 어쩔 수 없다는 듯 입을 열었다.

"아니…… 정확하게는 두 가지죠."

"두 가지라뇨?"

갑자기 말을 바꾸는 노형진의 모습에 유가족은 의아한 표정을 지었다.

노형진은 그런 유가족의 눈을 똑바로 바라보며 천천히 입을 열었다.

"하나는 방금 말씀드린 것처럼 범인이 죽었다는 것."

그게 가장 가능성이 높기는 하다.

우연한 사고사라는 건 언제든 일어날 수 있으니까.

하지만 일반인들은 잘 모르는 부분, 아니 알지만 인정하고 싶지 않은 가능성이 하나 더 있다.

"그리고 다른 하나는 검찰이 사건을 은폐한 경우, 입니다."

"……뭐라고요?"

그 순간 남자가 충격받은 듯 눈을 부릅떴다.

하지만 노형진의 입에서는 계속해서 말이 흘러나왔다.

"20년 전 사건입니다. 그리고 그렇게 단시간에 방화 살인이 벌어졌는데 경찰과 검찰은 어떠한 해결책도 내놓지 못했지요. 더군다나 화재가 발생한 곳은 도심입니다. 그런데 어째서 CCTV 영상 하나 나오지 않았던 걸까요?"

그 말에 유가족의 눈동자가 흔들리기 시작했다.

"그리고 왜 검사들은 20년 전 사건을 기억하고 있다가 굳이 지금에서야 물고 늘어질까요? 단순히 송정한 의원에게 죄를 뒤집어씌우려 했다면 뇌물이나 강간 같은 게 훨씬 편하죠. 실제로 그런 사건이 한두 번 있었던 것도 아니고요."

노형진의 말에 유가족들은 아무런 말도 하지 못했다.

⚖️

"진짜로 연락이 오네?"

얼마 지나지 않아 한두 명씩 유가족들에게서 연락이 오기 시작했다, 진실을 알고 싶다고.

"아니, 그게 그렇게 심각한 거야?"

"심각한 거지."

"불확실한 거잖아?"

"그게 더 억울한 거야."

차라리 그냥 범인이 죽었다면 모를까, 유가족 입장에서 범인이 살아 있을지도 모를 가능성이 있다는 건 완전히 다른 느낌으로 다가오는 이야기.

내 가족은 불에 타 죽었는데 범인은 경찰과 검찰의 보호를 받으면서 잘 살고 있다고 생각하면 속에서 열불이 날 것이다.

억울해서 잠도 못 잘 정도로.

"하지만 범인을 검찰과 경찰이 보호할지는 모를 일이잖아?"

"모를 일이기는 하지. 하지만 가능성은 무시 못 해."

"어째서?"

"20년 전이라면 나름 CCTV가 발달한 시점이거든."

물론 지금처럼 많이 깔린 것도 아니고 또 지금처럼 정밀한 것도 아니었지만, 그래도 본격적으로 범죄 예방에 사용되던 시점이었다.

"그러니까 혹시나 하는 거지."

"그렇다고 의심한다고?"

"정확하게는 우리 쪽은 진실을 말한 거고, 저쪽은 진실을 말한 쪽에 마음이 쏠린 거지."

"뭔 소리야, 오빠?"

서세영은 고개를 갸웃했다.

진실과 저들이 움직인 방향이 관련이 있다니?

"저 사람들 중에 검찰에서 접근한 사람이 정말 한 사람도 없었겠어?"

송정한은 외가와 친가 가리지 않고 접촉해서 상황을 이야기했다.

  "검찰도 마찬가지야. 검찰도 저 중 누군가에게는 접근했겠지, 이용 가치를 재 보려고."

  "그런데?"

  "검찰은 송정한이 범인일 수도 있다고 거짓말을 했어."

  그리고 그들과 접촉한 유가족은 그게 거짓말이라는 것을 알았을 거다. 그래서 거절했을 테고.

  "하지만 우리는 진실을 말했지."

  '범인이 죽었을지도 모른다.'

  그리고 검찰처럼 말뿐인 거짓말을 한 것도 아니었다.

  프로파일러의 분석도 이야기해 줬고, 그와 관련된 논문도 보여 줬다.

  "둘 중 한 곳을 믿어야 한다면 누구를 믿어야 할 것인가."

  "아하!"

  "물론 그들이 정치적인 판단을 하면서 정치 집단과 싸울 수는 없어. 애초에 우리가 그렇게 깊숙하게 이용하지도 않을 테고. 하지만 의심은 할 수 있지."

  의심을 할 수는 있다.

  '왜 하필이면 20년이나 지나서 이 사건인가?'라는 의심.

  "기존에는 정치적으로 누군가를 몰락시키는 방법으로 두 가지가 대세였거든."

성범죄 아니면 부패 범죄.

방화 범죄가 이용된 사례는 단 한 번도 없었다.

"하지만 그건 검찰도 무서워서 못 쓴다며?"

"유가족들이 그 사실을 알겠어?"

"하긴, 그건 그러네."

송정한이 보복해서 파멸시킨 놈들은 자발적으로 나서서 거짓말을 한 놈들뿐이다.

그랬기에 그가 두렵다는 이미지는 일반인들 사이에서 거의 돌지 않는다.

"두려울 게 없으니까 이해가 안 가는 거지."

왜 굳이 방화 같은 범죄를 골랐을까?

왜, 검찰에서는 이 사건을 골랐을까?

"우연 아니야?"

"모르지."

우연일 수도 있다.

검찰 입장에서는 어떻게 해서든 송정한을 엮을 사건을 만들고 싶었을 테니, 그러기 위해 온갖 사건을 뒤졌을 테니까.

"하지만 사람들은 자신과 관련된 건 우연이라고 생각하지 않아."

왜 하필 내 사건인가? 왜 범인은 안 잡혔나?

왜 검찰은 이 사건을 20년이나 기억했나?

"검찰이 은폐했다고 생각하기 딱 좋네."

우연히 골랐다고 하기에는 의심스러운 정황이라고 엮어 버리면 사람들은 의심할 수밖에 없다.

"그리고 실제로 이 사건에서 의심스러운 정황이 없는 것도 아니고."

"응? 어째서?"

"한국 집들은 콘크리트 구조물이야. 살벌하기 이루 말할 수 없지."

"그런데?"

"그런데 어떻게 건물 전체를 태울 수 있었겠어?"

그 말이 서세영은 이해가 가지 않았다.

하긴 그녀는 변호사지 과학자는 아니니까.

하지만 노형진은 오랜 경험을 통해 화재의 간략한 특징 정도는 알고 있었다.

"한국에서는 건축할 때 난연성 물질을 쓰게 하지. 왜 그러겠어?"

"불이 안 번지게 하려고."

"그러면 콘크리트는?"

"당연히 난연성이지?"

"그래. 대부분의 대형 화재의 특징은 말이야, 실내에서 많이 벌어진다는 거야."

집 내부에는 여러 가지 물건이 있으니까.

벽지나 커튼이나 이불이나 소파, 침대 등 불이 번질 만한 물건이 많다.

물론 지금은 벽지와 커튼도 난연성 직물로 만들어서 팔고 있다.

"그런데 이 건물은 밖에서 시작해서 안으로 퍼진 거란 말이지."

"그런데?"

"그러기 위해서는 단순히 불만 피워 봐야 의미가 없어."

벽돌이나 콘크리트는 아예 난연성을 넘어서 불연성, 즉 아예 타지 않는 놈들이니까.

"그런데 그걸 타고 집 안으로 들어가기 위해서는 어떻게 해야겠어?"

"그거야 기름 같은 걸 써야 하지 않을까? 방화범들은 대부분 그런 식으로 하잖아."

"그렇긴 하지만, 설마 불 지르는 데 콩기름이나 참기름을 썼겠냐?"

"당연히 휘발유…… 아하!"

당연히 휘발유가 기본이다. 다른 건 불이 잘 붙지 않으니까.

그런데 그 당시 사건 기록을 보면 휘발유에 대한 내용이 없다.

"화재 조사관이 조사하고 방화로 인한 거라고 적기는 했지만 자세한 내용은 없더라고."

그렇다면 가능성은 두 가지다.

진짜로 경찰이나 검찰에서 사건을 덮으려고 했든가, 아니면 무능해서 대충 사건을 처리했든가.

"사실 후자에 가깝겠지만 중요한 건 전자지."

"업보 같은 거구나."

"맞아. 경찰은 수십 년 동안 많은 사건을 정치적으로 써먹으려고 많이 노력해 왔으니까."

"흠."

이번 사건도 마찬가지다.

검찰은 정치적이지 않다고 주장하고 있지만 사실 누구도 그렇게 생각하지 않는다.

"그걸 노리고 고발을 넣은 거니까."

그냥 가만히 있었다면 다른 사람이 송정한을 고발했을 테고, 그걸 핑계 삼아 송정한을 쥐 잡듯이 잡았을 거다.

그런데 방화 사건에 대한 조사를 다시금 요구하면서 고발한 건 송정한이다.

즉, 조사를 요구한 시점에 검찰의 조사 대상은 방화 사건이어야 하지 송정한이어서는 안 된다.

하지만 검찰은 방화 사건을 고발한 송정한만을 쥐 잡듯이 잡고 있다.

그러니 사람들이 정치적인 목적이 있다고 의심하지 않을 수가 없는 것이다.

"그러니까 그걸 확대하는 거지."

저쪽에서 유가족의 입을 빌려서 이쪽에 프레임을 씌운다
면, 이쪽도 유가족의 입을 빌려서 프레임을 씌운다.

　눈에는 눈, 이에는 이.

　그것이 이번 작전의 핵심이었다.

　"과연 검찰에서는 무슨 생각을 할지 두고 보자고, 후후후."

　얼마 후 송정한 측의 유가족들은 모여서 기자회견을 했다.

　그 일 자체를 잊고 싶은 개인적인 마음이 아무리 크다 해도
누군가를 위해 가족의 죽음이 은닉되었을 가능성을 무시할 수
는 없었기에, 그들은 어떻게 해서든 진실을 찾고 싶어졌다.

　─해당 사건은 누가 봐도 이상합니다. 그 당시 경찰은 수사를 하지
도 않고 방치했습니다. 그런데 20년 만에 갑자기 인터넷에서 도는
소문을 이유로 특정 의원을 공격하고 있습니다. 더군다나 우리는 본
적도 없는 작자가 나타나서 유가족이라고 주장하면서, 특정 인물이
범인이라고 배상 책임을 묻고 있습니다. 도대체 어떻게 이럴 수 있
죠? 20년간 완벽하게 버려져 있던 사건이, 어떻게 이렇게 정치적으
로 이용되고 우리도 모르는 유가족이 어떻게 저런 발언을 할 수가
있는 겁니까?

그들의 말은 모든 사람들이 의심을 품게 하기에 충분했다.

더구나 유가족들의 '모르는 유가족'이라는 말을 다들 심각하게 받아들였다.

그건 당연한 반응이었다.

20년 전 개별적인 사건의 피해자들이었던 그들은 한데 모여서 유가족 협의회 같은 걸 만든 적이 없으니까.

당연하게도 서로 본 적도 없고 만날 일도 없었다.

그런 진실 공방은 사람들의 관심을 끌기 마련이다. 그리고 검찰 입장에서는 그 진실 공방이 부담스러울 수밖에 없었다.

"이게 아닌데……."

최당식은 진땀을 흘렸다.

원래 계획은 일단 신나게 떠들어서 송정한의 이미지를 박살 내고, 선거에서 이긴 후에 권력을 잡고 나서 증거를 조작해 송정한을 감옥에 처넣는 거였다.

그런데 송정한은 둘째 치고 의혹이 아예 이쪽으로 쏠리고 있었다.

기자회견을 본 강용안은 대번에 전화를 걸어 화를 냈다.

- 최 청장, 이거 이야기가 다르잖아요? 깔끔하게 뒤집어 씌울 수 있다면서요!

"아니, 그게 강 의원님, 저희도 이렇게 될 줄은 몰랐습니다."

- 몰랐다는 말로 이게 해결될 것 같습니까? 지금 우리가 어떤 상황인지 몰라서 그래요?

"별문제는 없을 겁니다."

─별문제가 없을 거라고요? 지금 그 말이 나와요? 사람들이 그 유가족에게 의심의 눈초리를 보내고 있다는 거 모릅니까?

"……."

─유가족 협의회를 만들어야 한다고요? 미친 겁니까? 저쪽에 다른 유가족들이 모였잖아요! 지금 그 새끼가 입 털면 우리는 다 죽는 겁니다!

검찰 측에 붙어 있는 유가족은 고작해야 두 명뿐이다. 그마저도 한 명은 자유신민당의 당원이다.

그랬기에 설득해서 일종의 방패로써 써먹을 수 있었던 것.

물론 검찰이나 자유신민당에서는 최대한 많은 유가족을 포섭하려 했지만, 연락이 안 되거나 연락이 되어도 말도 안 되는 개소리를 한다는 식으로 반응했기에 방법이 없었다.

일단 송정한을 지지하거나 중립적인 사람을 빼고 나니 남은 사람은 고작 두 명뿐이었던 것.

─외가 쪽 놈들은 도대체 왜 붙은 겁니까?

"그게…… 법적으로 보면 외가 쪽도 유가족은 맞습니다만……."

─그걸 몰라서 물어요? 그 새끼들을 통제했어야지요!

그에 반해 송정한은 친가뿐만 아니라 외가 쪽에도 다가가서 정치적 목적보다는 진실을 추구하는 자세로 대화를 청하자 그쪽에서도 의심을 풀고 대화에 임할 수밖에 없었다.

－저쪽에서는 지금 유가족끼리 만나서 신원을 공개하자고 난리예요!

그렇게 되면 안 된다.

이쪽은 고작 두 명뿐.

그에 반해 저쪽에서 공개한 인원은 무려 쉰 명이 넘는다.

물론 이쪽도 기자회견을 할 때는 인원을 부풀리기 위해 피해자협의회니 뭐니 하면서 부풀리고 아무나 뒤에 병풍으로 세웠지만, 본격적으로 신상과 피해자의 명의를 공개하기 시작하면 그때는 다 망하는 거다.

애초에 두 명 빼고는 죄다 병풍을 세운 것 자체가 비웃음의 대상이다.

－그러니까 내가 멍청한 짓 하지 말라고 하지 않았습니까? 한두 번 당해요?

그 말에 최당식은 속에서 열불이 치밀어 올랐다.

'이 정도로 당할 줄 알았느냐고!'

노형진이 쓴 방법이었고, 당시의 자신들은 아무런 저항도 하지 못하고 신나게 두들겨 맞았다.

그랬기에 그 방법을 쓰면 노형진도 해결을 못할 줄 알았다.

그런데 정작 자신들은 신나게 두들겨 맞고 있다니.

"우리한테만 뭐라고 할 게 아니잖습니까? 애초에 이걸로 부족하다는 걸 잘 알 텐데요?"

－뭐요?

"우리, 같이 일하는 거 아니었습니까?"

최당식의 목소리가 날카로워지자 강용안의 목소리가 살짝 떨렸다.

─그건 그렇지요.

'이 새끼야, 넌 내 허락 없이는 대통령 못 돼.'

자신들의 약점을 쥐고 있는 검찰이다.

그가 캐비닛 하나만 열면 자신의 인생은 끝난다는 걸 이제야 조금 느낀 것이다.

물론 검찰은 캐비닛 안의 문건을 섣불리 공개하지 못한다.

너무 자주 공개하면 정치인들이 죽자 살자 달려들 테니까.

실제로 노형진에 의해 한번 그런 일이 벌어졌기에 최당식은 섣불리 그런 선택을 할 수 없었다.

"애초에 우리 계획은 이런 게 아니었을 텐데요?"

─…….

"그런데 이제 와서 모른 척하시겠다?"

애초에 이게 먹히지 않을 가능성도 무시하지 못했다. 노형진에게 한두 번 당한 게 아니니까.

그랬기에 이 방법으로 엿을 먹이는 데 실패하면 두 번째 방법으로 엿을 먹이려고 이중 계획을 준비하고 있었다.

"그런데 이제 와서 모른 척하면 안 되죠."

작전이 잘 굴러가지 않는 것 같으니까 너 혼자 죽으라고 모른 척하는 강용안에게 최당식이 차갑게 말했다.

"강 의원, 나 혼자서는 안 죽어요. 우리는 그날 같은 배를 탄 겁니다."

−미안합니다.

"빨리 진행하시죠. 안주원 의원한테도 연락해서 빨리 진행하시라고 하세요."

−알았습니다.

쫄려서 그런지 재빠르게 전화를 끊어 버리는 강용안.

그렇게 통화를 끝낸 최당식은 화난 얼굴을 하고 있었다.

"망할 정치꾼 놈들. 이러니까 정치꾼에게 정치를 맡기면 안 돼. 정치는 우리같이 큰일 하는 검사들이 해야 하는데."

그는 미래에 대한 야심을 드러내며 눈을 번뜩거렸다.

　노형진은 검찰이 매일 하던 짓거리를 또 한다고 생각했다. 그래서 처음에는 살짝 당황했지만 결국 파훼법을 찾았다.

　실제로 유가족끼리 싸우기 시작하자 가짜 유가족이 있는 검찰 측은 꼬리를 말았고, 얼마 전까지만 해도 인터뷰를 통해 송정한을 규탄하던 자칭 유가족이라는 놈들은 어느 순간 사라져 버렸으니까.

　"그런데 이건 저도 진짜 예상 못 했는데요?"

　송정한의 눈앞에 있는 신문.

　그 신문에 인쇄된 헤드라인은 송정한도, 노형진도 당혹감을 감출 수 없게 만들었다.

사회적으로 문제가 있는 사람이 당 대표를 할 수는 없다. 송정한은 당 대표에서 물러나야

어느 국회의원의 인터뷰가 담긴 기사.

국회의원들이 서로가 잘되는 꼴을 못 보는 건 사실이다.

문제는 이 인터뷰를 한 놈이 다름 아닌 우리국민당 소속 의원이라는 거다.

"반란이라······. 기가 막히는군."

어이가 없었던 송정한은 말이 안 나왔다.

자신이 이미 대통령 후보로 당내에서 선발된 상황이다. 그런데 반란이라니?

"아무래도 우리가 잘못 안 것 같군요."

"뭘?"

"검찰은 애초에 이길 생각이 없었던 것 같습니다."

물론 이번에는 노형진의 방법까지 차용해 가면서 나름 치밀하게 함정을 짜기는 했다. 그래서 평소보다 더 치밀했던 것이다.

그래서 설마 이런 식으로 뒤통수를 칠 거라고는 생각도 못 했다.

"끄응."

"뭐, 어느 정도 이해는 갑니다. 우리국민당의 절반은 당과 맞지 않는 사람들 아닙니까?"

"신당의 가장 큰 문제이기는 하지만⋯⋯."

신당을 창당할 때 가장 큰 문제는 뭘까?

그건 바로 파워의 부족이다.

신당을 창당한다고 사람들의 지지가 바로 따라오지는 않는다.

특히 한국처럼 수십 년간 이당 체제가 굳건하게 유지되고 있는 상황에서는 더더욱 그렇다.

그랬기에 수십 년 동안 수많은 신당이 만들어지고 사라졌음에도 불구하고 정치체제가 바뀌지 않은 것이다.

그걸 바꾸기 위해서는 존재감을 어필해야 하고, 실제로 그 방법으로 노형진은 수많은 국회의원을 데리고 왔다.

국회의원은 소속된 당이 아닌 개인을 기준으로 뽑기에 그가 당에서 나간다고 해서 국회의원 자격이 사라지는 건 아니니까.

"하지만 반대로 말하면 구태의연한 과거 세력이 많이 들어 있다는 거죠."

"하긴, 그걸 감안하고 한 거긴 하지만 말이지."

"그들도 그걸 알 겁니다."

정치판에 신당이 생겨났을 경우 그들의 첫 번째 목표는 바로 개혁이다. 그런데 기존 세력은 개혁을 극도로 싫어한다.

'그리고 그 신당 창당이 이루어지는 경우는 대부분 기존 정치에 대한 염증 때문이지.'

오랜 시간, 아니 대한민국 건국 이후에 거의 대부분의 시간을 자유신민당과 민주수호당 이당 체제로 굴러왔다.

비록 이름도 바뀌고 종종 제3당이 생기기도 했지만 돌고 돌아서 결국 두 개의 당이 된다.

"기존에는 신당이 생기면 양쪽에서 물어뜯었으니까요."

그랬기에 2 : 1, 아니 검찰과 경찰 그리고 언론까지 붙어서 거의 5 : 1의 싸움이 되었고, 실제로 새로 생긴 정당들은 버티지 못하고 사라졌다.

"하지만 우리 우리국민당은 좀 다르지."

"맞습니다. 그러니까 내부에서 무너트리려는 걸 겁니다."

어차피 개혁 성향의 우리국민당이고 이미 노형진과 송정한 때문에 지명도는 충분하다.

그리고 현재 공천권을 가진 쪽은 소위 송정한파라고 불리는 개혁 성향의 사람들.

"아마 다음 선거에서 기존 세력 출신의 정치인 공천은 대부분 거부될 거라는 걸 아는 거죠."

"음……."

"그러니까 쿠데타를 통해 공천권을 빼앗으려 하는 거고요."

송정한만 몰아낸다면, 그래서 우리국민당을 흡수한다면 그때는 다시 한번 자신들이 권력을 쥘 수 있다.

"그리고 다시 한번 각자 자기 정당으로 찢어져서 가 버리겠지요."

사실 이런 식으로 당한 게 이번이 처음이 아니다.

오래전 제3세력이 규모를 키웠을 때 딱 이런 식으로 당했다.

내부에서 쿠데타를 일으켜 기존 개혁 성향을 몰아낸 뒤 당을 갈라내서 각자의 세력으로 돌아간 것이다.

"다만 이번에는 그럴 기회가 없었단 말이죠."

그때는 검찰도, 경찰도, 언론도 없는 죄까지 만들어 내면서 개혁 성향의 의원들을 쫓아내는 데 혈안이 되었고, 실제로 성공했다.

"자네가 문제인 거로군."

"네, 아마 그럴 겁니다."

하지만 이번에는 노형진이 있다.

단순히 정치인만 있다면 기존 정치 세력과 검찰, 경찰 그리고 언론에서 죄를 만들어 내는 건 어려운 일이 아니다.

하지만 이제는 그런 짓을 하면 국가 부도 사태를 감수해야 할 수도 있다.

물론 노형진 혼자서 국가 부도는 불가능하다.

하지만 마이스터라는 거대한 기업의 힘과, 미다스라는 세계적인 경제 전문가의 능력이라면 불가능한 것도 아니다.

"그러니까 핑계를 만들어야 했다 이건가?"

"아마 그런 것 같네요."

"그리고 그게 엉뚱하게 내가 방화범이라는 거고?"

"아마도요."

"미친놈들이군. 진심으로."

송정한은 긴 한숨을 내쉬었다.

"내가 온몸에 똥을 묻히는 걸 각오하고 세상을 제대로 바꿔 보겠다고 정치에 투신했지만. 할수록 더더욱 하기 싫어져. 너무 더럽단 말이지."

"이해합니다."

권력을 쥘 수만 있다면 지금이라도 '수령님 만세!' 또는 '텐노 헤이카 반자이!' 같은 말을 외칠 수 있는 게 부패한 정치인들이다.

'오죽하면 국가를 전복하는 가장 확실한 방법이 기존 세력에게 기득권을 유지시켜 주는 거라고 했을까?'

실제로 일제시대에 친일파가 그런 방식으로 양성화되었다.

기득권층에게서 권리를 빼앗는 게 아니라, 충성을 다하면 기득권을 보장하겠다고 꼬여 낸 것.

그래서 그 당시의 수많은 변절자들이 백작이니 자작이니 하는 일본의 귀족 작위를 받곤 했다.

"그런데 이놈들도 무리하는 것 같은데. 내 죄가 드러난 것도 아닌데 말이지."

"중요한 건 선거니까요. 송정한 의원님을 쫓아내는 건 나중에 해도 되지만, 송 의원님이 대통령이 되면 쫓아내는 게 불가능하니까요. 더군다나 송 의원님의 지지율은 높은 편이고요."

이 상황에서 송정한이 대통령이 되면 공천권을 친송정한 계에서 빼앗아 오는 게 불가능해진다. 그러면 자기들의 정치 인생은 끝이다.

"그러니 일단은 송 의원님이 대통령이 되는 걸 막는 게 우선이라고 생각하는 것 같습니다."

"일단은 내 이미지부터 망가트리겠다?"

"그래야 자기들이 살아남으니까요."

우리국민당이 망해도 자신들은 기존 정당으로 돌아가면 된다, 그렇게 생각하니까.

"이런 인터뷰도 결국은 그 사전 작업이겠지요."

지금이야 한 명이 슬며시 발언한 거지만 조만간 너도나도 입을 털기 시작할 테고, 언론에서 그걸 확대해석하면 그때를 기점으로 한데 뭉쳐서 발언할 거다.

선거전에서 정당이 통합되지 않고 미친 듯이 싸우는 모습을 보이는 것은 절대로 좋은 일이 아니다.

"이참에 그들을 축출하는 게 좋겠네요."

"뭐? 그게 가능하겠나?"

송정한은 노형진의 말에 깜짝 놀랐다.

물론 국회의원 한두 명 정도는 노형진이 혼자서 영혼까지 털어 낼 수 있다.

실제로 영광당같이 작은 정당은 노형진이 혼자서 털어 낸 적이 있다.

"하지만 우리국민당의 절반일세. 아니, 절반이 문제가 아니야. 분명히 자유신민당과 민주수호당에서도 개입했을 거야."

실제로 사람들이 잘 모를 뿐이지, 이런 신당의 내부 쿠데타는 외부의 청부를 받는 경우가 많다.

그래서 신당을 만든 사람을 쫓아내면 신당이 기존 정당과 통합되는 경우가 많은 것이다.

"알고 있습니다. 똑같은 놈들이니까요."

이권에 따라 권력에 따라, 그렇게 그들은 찢어지고 모이고 다시 합친다.

"그러니까 그걸 이용해서 우리도 새로운 정치를 하도록 하죠."

"새로운 정치?"

"우리가 새로운 당을 만드는 겁니다."

"뭐? 자네 미쳤나?"

송정한은 귀를 의심했다.

그도 그럴 게 창당은 결코 쉬운 일이 아니기 때문이다.

"우리국민당을 만들 때 얼마나 많은 돈이 들었는지 몰라서 그러나?"

당을 창당하는 거야 법에서 정한 조건만 맞추면 문제 될 게 없다.

실제로 원내 정당으로 활동하지 않을 뿐이지 원외 정당은 수십 개를 훌쩍 넘어간다.

"우리가 왜 군이 기존 국회의원들을 받아들였는지 잊었나?"

그런데 이 원외 정당이라는 것은 의미가 없다.

아니, 의미가 없는 정도를 떠나서 현실적으로 보면 한국에서 원외 정당은 그냥 돈을 내다 버리는 행위다.

왜냐하면 선거에서 사람들은 자유신민당 아니면 민주수호당 중에 하나만 고르기 때문이다.

물론 한때 영광당 같은 작은 정당도 있었지만 노형진을 건드렸다가 날아가 버린 상황.

"압니다. 원내 정당이 되기 위해 독이 든 성배를 마셨다는 걸요."

그리고 그들을 포섭하기 위해서는 단순히 설득 말고도 다른 걸 지원해야 한다.

대표적으로 전국적인 선거 지원 시스템이 있다.

각 지역마다 선거 지원에 필요한 사무실도 마련해야 하고 인원도 배치해야 하며 선거를 위한 자금도 지원해야 한다.

특히 자금이 문제인데, 초반에는 당원이 별로 없기 때문에 그 자금을 신당을 창당하는 쪽에서 대부분 부담해야 한다.

그래서 일부 정당은 창당할 때 지역 정당에서 시작하는 경우가 많다.

전국을 커버하는 건 거의 불가능하니까.

송정한 역시 노형진과 주변의 도움을 많이 받았기에 창당이 가능했던 것이지, 도움이 없었다면 현실적으로 이런 대형 정당을 뚝딱 만들 수는 없었을 것이다.

"그러니까 지역 정당을 만드는 겁니다."

"뭐, 지역 민주주의 그런 걸 말하나? 미안하지만 난 그건 동의 못 하네."

송정한은 단호하게 선을 그었다.

그가 고치고자 하는 것은 부패한 정치판만이 아니니까.

"풀뿌리민주주의 좋지. 하지만 지금 지방선거 꼴을 보게."

오로지 지역 혐오와 말도 안 되는 선심 공약, 그것도 지킬 생각이 없는 공약으로 굴러가는 게 대한민국 지방선거의 현실이다.

한쪽에서는 수해로 지역민들이 고통받고 있는데 지역의 시의원들은 해외 순방이랍시고 지역민들의 세금으로 해외에 가서 접대를 받고 관광을 한다.

수해로 지역민들은 생수 한 명 지원받지 못하는 상황인데 말이다.

"미안하지만 우리나라 특성상 지역 정당을 만들면 서로 혐오전만 벌일 가능성이 크네."

그게 선거판에서 이기기가 쉬우니까.

특정 지역을 비하하고 특정 지역을 혐오하게 하면 이기기 쉽다. 국민들을 갈라치기 하면 표가 쏠리기 마련이니까.

"알고 있습니다. 그래서 제가 그런 말을 한 거고요."

"뭐?"

"어차피 마이스터도 전국에 건물을 가지고 있습니다."

"그렇긴 하지."

"그러니까 선거철에 대비해서 선거사무소 하나씩 빌려주는 건 일도 아니라는 거죠."

"무슨 말인가?"

"자기 발등에 불이 떨어지면 우리국민당에 신경 쓰지 못할 거라는 거죠."

"자기 발등에 불?"

"일단 우리국민당 내부에서 발광하는 놈들보다는 외부에서 지랄 발광하는 놈들을 막자는 겁니다."

지금 민주수호당과 자유신민당은 우리국민당 내부의 국회의원들을 선동해서 송정한을 몰아내고 싶어 하고 있다.

그리고 검찰에서 그런 핑계를 만들어 줬고.

"그러니까 우리가 신당의 창당을 도와주는 거죠."

"그게 나랑 무슨 관계가 있다고?"

"송 의원님과 상관이 있지는 않습니다만, 국회의원과는 관계가 있죠."

"무슨 말인가?"

"이건 당 대 당이라는 거국적 게임입니다. 하지만 개인 대 개인이 되면 이야기가 달라지지요."

"좀 쉽게 말해 보게."

"음…… 그러니까 이런 거죠. 전쟁에서 승리하는 것과 전쟁에서 살아남는 건 전혀 다른 문제라는 거죠."

천 명 대 천 명이 싸워서 한쪽이 승리했다고 가정해 보자.

그러면 승리한 쪽은 천 명이 전부 살아남을까?

아니다. 똑같이 1천 대 1천의 싸움이라면 승리한 쪽도 최소한 팔백 명의 희생을 각오해야 한다.

"지금 저들은 당 대 당이라는 구조로 우리를 몰아붙이려고 합니다."

"그런데?"

"우리는 그걸 개인전으로 만들면 된다는 거죠. 간단하게 생각해 보세요. 우리국민당에서 나와서 자유신민당이나 민주수호당에 간다고 치면 말입니다, 그 자리에 있던 누군가는 나가야 합니다."

각 지역별로 국회의원의 자리는 한정되어 있다. 그리고 그 자리를 차지하기 위해 그들은 치열하게 싸워야 한다.

그런데 경쟁자에는 반대 정당 소속 의원뿐만이 아니라 자기네 정당 소속인도 포함된다.

"보통 집단전에서 개인의 생존은 무시되는 경향이 크죠."

"그럴 수밖에 없지."

공천을 받아야 하니까.

한국에서 공천을 받지 못하면 선거 자체가 불가능하니까.

"물론 선거에 필요한 자금은 국가에서 내주지만 말입니다."

정확하게는 일정 비율 이상의 표를 얻어야 내주는 거지만, 그래도 내주기는 한다.

"그런데 기존 국회의원이라면 그 정도 표를 구하는 건 어려운 일이 아니죠."

"기존 국회의원?"

"네. 제 계획은 간단합니다. 기존 국회의원, 정확하게는 자유신민당과 민주수호당 출신으로 공천권을 받지 못한 사람에게 선거비용을 '빌려주는' 겁니다."

"선거비용을 빌려준다고?"

"네. 국가에서 지급하는 딱 그 정도만 말입니다."

"그게 무슨 의미가······."

그렇게 말하던 송정한의 눈동자가 순간 격하게 흔들렸다.

아주 짧은 순간 그게 의미하는 게 뭔지 알아차렸기 때문이다.

송정한의 얼굴이 단번에 환해졌다.

"그건 발등의 불이 아니라 아예 그쪽 정당의 몸에 휘발유를 끼얹어 버리겠다는 것 같은데?"

"저쪽에서 더러운 짓을 하려고 하는데 우리라고 그냥 당해 줄 수는 없죠."

공천을 받지 못한 기존 국회의원에게 선거비용을 '빌려준다'.

이게 무슨 의미가 있겠냐고 누군가는 물어볼지 모른다.

하지만 선거판에서는 난리가 날 수밖에 없는 구조다.

'결국 쫓겨난 사람들은 이를 갈기 마련이거든.'

자발적으로 공천권을 반납하고 국회의원의 자리를 포기한다?

애석하게도 그런 국회의원은 열 명 중 한 명도 안 된다.

대부분 공천을 받지 못해서 어쩔 수 없이 물러나는 거다.

"그리고 그중 일부는 억울한 마음에 무소속으로 출마하죠."

어째서 일부일까? 그건 선거비용 때문이다.

선거비용은 선불이 아니라 후불이다.

정확하게 국회의원 선거를 기준으로 이야기한다면 총득표 수가 15%를 넘어서야 선거비용을 반환해 준다.

물론 모든 비용을 주는 건 아니다.

선거에 필요한 홍보 자료의 제작 및 명함 등 직접적인 것만 인정되고, 임대료와 집기 구입비 등 간접적인 건 인정되지 않는다.

"그러니까 우리가 건물을 무상 임대해 주는 거죠."

그리고 집기류도 중고로 구입해서 어느 정도 제공하는 거다. 사실 그건 얼마 안 하니 어려운 게 아니다.

"일반적으로 선거 홍보 비용이 많이 들어가니까요."

문제는 그 돈을 구할 곳이 없다는 것.

빌린다? 그나마 빌릴 수 있는 사람은 재력이 있는 거다.

하지만 그렇지 않은 사람의 수가 상당하고, 공천에서 떨어지고 권력이 사라지면 대출도 쉽지 않다.

실제로 권력을 잃은 국회의원이 주변으로부터 공격받는 건 흔한 일이다.

"그러니까 우리가 그걸 무이자로 빌려주는 겁니다."

선거가 끝난 후에 15%만 넘는다면 어차피 정부에서 돈을 돌려주니, 그렇게 돌려받으면 그만이다.

"그렇게 되면 공천에서 떨어진 사람들이 어떤 선택을 할까요?"

"하긴, 외상이면 소도 잡아먹는다고 하지."

외부에서 들어온 놈들 때문에 억울하게 공천에서 떨어졌다. 그것도 특정 세력 때문에 떨어졌다면, 분명 무소속으로라도 출마해서 국회의원 배지를 달고 싶어 할 거다.

"그리고 그 자체가 자유신민당이나 민주수호당의 입장에서는 날벼락이겠군."

"맞습니다."

왜냐하면 그들이 무소속으로 출마하는 경우 그들은 새로운 표를 창조해 내는 게 아니라 기존에 있던 표를 갈라 먹기 때문이다.

민주수호당 출신이면 민주수호당의 표를, 반대로 자유신민당 출신이면 자유신민당의 표를 갈라 먹는다.

"아시겠지만 무소속 출마는 사실 대부분 당선이 목적이 아닙니다."

진짜로 당선될 가능성은 하염없이 낮고, 설사 당선된다 해도 권력을 쥐는 게 쉽지 않다.

왜냐하면 두 거대 정당 소속이 아니기에 뒤에서 밀어주는 권력에 기댈 수 없으니까.

물론 무소속으로 당선된 대부분의 사람들은 시간이 지나면 기존 정당으로 돌아가기도 하지만, 일부는 정당에서 끝까지 받아 주지 않는 경우도 많다.

"복수가 목적인 경우도 많지."

실제로 기존 정당에서는 공천이 안 된 기존 국회의원이 무소속으로 출마하는 걸 극도로 싫어한다.

왜냐하면 그런 경우 아주 높은 확률로 표를 나누어 가지면서 자기네 세력이 떨어지는 데에 일조하기 때문이다.

"실제로 무소속이 나오면서 당선자가 바뀌는 경우는 무척이나 많지."

송정한은 안다는 듯 고개를 끄덕거렸다.

지난 선거에서도 자유신민당 지역구가 확실한 지역에 공천에서 탈락한 자유신민당의 후보가 무소속으로 출마하면서 민주수호당이 그 지역구를 차지한 일이 있었다.

표의 비율은 0.8 : 0.8 : 1이었다. 쉽게 말해서 자유신민당 지지가 1.5배 이상 많았던 거다.

하지만 자유신민당의 의원이 무소속으로 출마하면서 표를 반반 나눠 먹었고, 그 바람에 자유신민당 의원들은 모두 떨어지고 민주수호당 의원이 당선된 거다.

"사실상 그 국회의원은 버림 패였는데 말이지."

"네, 맞습니다. 그리고 생각보다 그런 일이 자주 있죠."

종종 버림 패로 이용되는 공천자들이 있다.

신입이라든가, 아니면 뇌물을 적게 준 사람들은 누가 봐도 떨어질 수밖에 없는 지역에 던져 버리는데, 거기에 무소속이 튀어나오면 이런 식으로 갑자기 뒤집어지는 경우가 제법 발생한다.

"허."

노형진의 계획에 송정한은 혀를 내둘렀다.

"이러면 양쪽 다 진짜 미칠 노릇이겠군."

건물이야 어차피 빈 건물을 쓰는 거니까 손해 볼 게 없다.

집기? 선거사무소에 가면 가장 기본적인 물건들만 있다.

왜냐하면 선거사무소 집기는 선거비로 보전이 안 되기 때문이다.

그래서 중고로 사는 편이 나은데, 한 300만 원 정도면 중고 집기로 사무소 내부를 채울 수 있다.

"나머지야 뭐, 어차피 나중에 정부에서 줄 테고요."

물론 지지율 15% 이상이라는 조건이 붙어 있지만 애초에 신입도 아니고 공천에서 떨어진 국회의원이라면 15%를 채우는 건 어려운 일이 아니다.

그러니 노형진은 나중에 고스란히 돌려받으면 그만이다.

물론 당선되지 못한 국회의원이 개별적으로 쓰는 돈이 없을 리가 없지만 그건 그가 알아서 할 문제다.

"중요한 건 결국 그들이 싸우기 시작하면 두 정당은 미칠 노릇일 거라는 겁니다."

두 정당의 파워가 아무리 세도 현행법상 그런 일을 금지할 수는 없다.

공천을 안 준 시점에서 그 정당 사람이 아니기 때문이다.

"그리고 그런 꼴을 당한 자유신민당이나 민주수호당은 가만있지 않겠지요."

명색이 정당이라는 놈들이 복수한답시고 칼질을 할 수는 없겠지만 사회적으로 복수하기 위해 어떤 수라도 쓸 가능성이 크다.

"정확하게는 그걸 노리는 거 아닌가?"

"잘 아시네요? 후후후."

그렇게 되면 무소속으로 출마했던 국회의원들은 어떻게 할까?

당연히 자기가 살기 위해서라도 보호해 줄 수 있는 집단을 골라야 한다.

"그러면 둘 중 하나죠."

반대 정당 아니면 우리국민당.

실제로 공천에서 떨어진 의원이 공격에서 살아남기 위해 반대 정당으로 가는 경우는 무척이나 많다.

"우리가 거기에다가 약간의 계약만 추가하면 파란이 일어날 겁니다."

돈을 빌려줄 때 약간의 계약 조건을 단다면, 예를 들어 무소속으로 출마하여 당선되는 경우 우리국민당 입당을 우선적으로 한다는 조건을 붙이면 어떻게 될까?

당연히 지금 있는 놈들이 나간다고 해도 당원을 채우는 건 어려운 일이 아닐 거다.

"이자 문제를 달면 그들도 선택지가 별로 없을 테고요."

이 정도면 두 정당에 휘발유를 끼얹는 걸 넘어서 아예 불을 붙여 주는 게 될 것이다.

모든 설명을 들은 송정한은 생각만 해도 통쾌하다는 얼굴이 되었다.

"좋은 계획이군. 하하하."

"흠, 작전명은 '난세'라고 하면 되겠네요."

기존 정치판이 개판 된 상황에서 과연 두 정당은 어떻게 굴지, 노형진은 무척이나 궁금해졌다.

⚖️

얼마 후 마이스터는 충격적인 발표를 했다.

─대한민국의 선거 발전을 위해 다음과 같은 정치 지원 프로젝트를 발족합니다.

1. 기존 국회의원 출신 및 신인에 대한 정치 활동 지원 대출

2. 선거에 필요한 사무실 및 집기의 무상 임대(단, 선거운동 기간 이전 6개월 전부터)

단 두 가지 사항뿐인 프로젝트였지만 자유신민당과 민주

수호당에는 날벼락이 떨어진 것이나 마찬가지였다.

"이게 말이나 됩니까!"

민주수호당의 대통령 후보인 안주원은 너무 놀라서 길길이 날뛸 수밖에 없었다.

"아니, 누구 마음대로 돈을 지원해 줘요!"

"안 후보님, 진정하시고……."

"진정? 지금 진정하게 생겼어요?"

당 대표인 강구인은 일단 진정하라고 안주원을 말렸다.

하지만 안주원은 강구인의 말을 완전히 무시했다.

대통령 선거 모드에 들어가면 당내에서 핵심은 대통령 후보가 될 수밖에 없기 때문에 당 대표가 만만해진 탓도 있었다.

대통령 선거 기간 동안의 당 대표는 핵심 인사라기보다는 조력자에 가까우니까.

"이러면 우리 선거가 어떻게 되는지 모릅니까?"

"아직 시간도 있으니까 그렇게 쉽게는 안 될 겁니다."

"안 되긴 뭐가 안 돼요? 마이스터가 그 정도 돈을 융통 못할 거라고 생각합니까?"

상황에 따라 달라지겠지만 아무리 많아도 500억 정도의 돈일 거다.

물론 못 돌려받을 돈은 아니다. 정부에서 지급을 보증한 거니까.

문제는 그거다.

"선거가 뭐 20년, 30년 남은 줄 알아요?"

국회의원 선거는 작년이었다. 그리고 2024년이 다음 국회의원 선거다.

시기로 보면 무척이나 길게 남아 있는 것처럼 느껴질 수도 있다. 왜냐하면 국회의원의 임기는 4년이니까.

"지금이 제일 지랄맞은 시기 아닙니까!"

2022년.

패배한 사람들이나 공천에서 떨어진 사람들이 잊히기에는 아직 이른 시점이고 동시에 그들이 다음 선거를 대비해서 인지도 관리를 하기에 2년은 충분한 시기다.

"정말로 이게 어떤 상황인지 몰라서 그래요?"

그들이 지역에 집중하면서 지역 관리를 하면 현직 국회의원은 불리해질 수밖에 없다.

왜냐하면 현직 국회의원은 국가 업무도 봐야 해서 대부분 지역 업무에 소홀한 경우가 많기 때문이다.

더군다나 현직 국회의원은 법의 수많은 제한 때문에 선거 운동으로 의심될 수 있는 행동을 해서는 안 된다.

그에 반해 미래에 출마할 예정인 놈들은 출마한다는 말만 하지 않는다면야 지역에서 뭘 하든 자유롭다. 공인인 국회의원이 아니니까.

"이렇게 되면 지역 선거가 개판이 된단 말입니다!"

"그렇겠지요. 송정한과 우리국민당 그 개 같은 새끼들만 유리해질 테니까요."

그렇다. 공천받은 자와 받지 못한 자가 개싸움을 하기 시작한다면, 그래서 표를 갈라 먹기 시작한다면 자유신민당과 민주수호당 모두 한없이 불리해질 뿐이다.

이득을 보는 것은 오직 송정한과 우리국민당뿐.

차분하게 정답을 말하는 강구인의 모습을 안주원이 기가 막힌 표정으로 쳐다보았다.

"알면서 왜 대책을 안 세우는 거예요?"

물론 우리국민당에서도 누군가는 공천에 떨어질 테니 마이스터의 지원을 받으려 할 거다.

하지만 마이스터가 바보도 아니고, 우리국민당에서 떨어져서 무소속 출마를 하겠다는 놈에게 과연 대출을 해 줄까?

애초에 우리국민당의 공천에서 떨어졌다는 것은 기존 구태 세력이며 정치에 심각한 결격사유가 있다는 소리인데.

즉, 이 상황에서는 이쪽만 불리한 거다.

"여차하면 우리가 나서서 약점을 공개하면 되니까……."

"아니, 정신이 있어요, 없어요? 약점을 공개하면? 그 새끼들은 뭐 입 닥치고 조용히 물러난답니까?"

애초에 그럴 수가 없는 상황이다. 왜냐하면 이미 돈을 빌린 상황이니까.

선거를 완주해서 15%의 득표를 달성하지 못하면 선거비용은 반환받지 못한다.

그걸 돌려받아 빚을 갚기 위해서라도 물러날 수가 없다는 뜻이다.

"그리고 설혹 그놈들이 물러난다고 해도! 어떻게 할 것 같아요?"

돈으로 갚을 수 없다면 다른 걸로 갚아야 한다.

그렇다면 빚을 갚을 수 있을 정도의 가치를 가진 게 뭐가 있을까?

당연히 정보다.

"그놈들이 우리 약점을 나불거리면? 어쩔 거예요?"

한때 같은 당원이었다. 심지어 같은 국회의원이었다.

정치하는 과정에서 벌어진 수많은 더러운 일에 대해 그들은 알고 있지만, 그저 쉬쉬할 뿐이다. 그런데 그걸 넘긴다면?

"선거 다 날릴 겁니까?"

아마 그때는 민주수호당도 결국 소수 정당으로 추락하게 될 가능성이 크다.

"더군다나 송정한 그 새끼는 다른 놈들하고 달라요!"

다른 사람들은 정치적 보복을 한다고 하면 움찔하기라도 한다.

그래서 여당에서 야당이 되면 툭하면 야당 탄압이라고 지랄하면서 움직이지 못하게 하려고 했었다.

지금까지는 그 논리가 딱 먹혔다.

왜냐하면 한국은 어차피 양당 체제이고, 다른 곳에 지랄 발광해도 그들은 저항하지 못하니까.

하지만 우리국민당은 다르다.

"도리어 그놈들은……."

송정한, 아니 노형진은 '왜 너희는 해도 되고 우리는 하면 안 돼?'라며 나올 놈이다.

그게 사실이라는 게 문제고 말이다.

"그러면 일단 기존 세력에 대한 지원을 늘리는 쪽으로 하겠습니다."

강구인이 한숨을 쉬며 안주원에게 말했다.

'이 새끼가 정말?'

안주원은 대통령 후보가 된 거지 대통령이 된 것도, 당 대표도 아니다. 당 대표는 어디까지나 자신이다.

그런데 마치 상전이라도 된 양 행동하는 안주원에게 강구인은 불만이 쌓이고 있었다.

"그러면 우리는요? 우리 이미지는 뭐 땅 파서 나옵니까?"

개혁에 대한 사람들의 열망은 어느 때보다 크다.

부패 세력에 대한 비밀을 쉬쉬하던 시절에는 그런 게 없었지만 이제는 시대가 바뀌었고, 코리아 타임라인 같은 친노형진 계열의 언론은 비밀을 쉽게 감추지 못하게 방해하고 있다.

물론 재벌가나 정치인이 돈과 권력으로 코리아 타임라인을 억누르고 다른 곳처럼 지배하려는 시도를 해 봤다.

하지만 그 지분을 가진 곳이 다른 곳도 아닌 마이스터였고 그들은 지분을 팔 생각을 하지도 않는 데다가, 광고비에도 연연하지 않고, 그런 기자들을 받아들이지도 않으니 은밀한 비밀을 원하는 대로 감출 수가 없었다.

도리어 선을 넘는 경우 노형진이 자신의 능력을 이용해 정보를 얻어 내서 코리아 타임라인에 제공하기에 그곳을 건드리는 건 일종의 금기처럼 되어 가고 있었다.

당연히 온갖 부정부패가 헤드라인을 타고 나갔고, 사람들은 '개혁이 되지 않으면 우리가 망한다.'라고 생각했다.

그리고 그건 사실이었다.

전 세계 최하위의 출산율이라는 건 괜히 생긴 게 아니기 때문이다.

30년 후에는 인구가 절반도 안 될 거라는 것은 아주 심각한 문제였다.

"우리도 개혁을 해야 할 거 아닙니까!"

정확하게는 개혁이라는 포지션으로 국민들을 속여야 한다. 그래야 표를 얻을 수 있다.

그런데 그 포지션을 우리국민당에 빼앗기고 있는 상황.

그런 상황에서 구태 정치인들에게만 공천을 계속 준다?

"우리 당을 말려 죽이려고 작정했습니까?"

"그러면 안 의원이 해결책을 내놓든가요."

"뭐요?"

"잊어버렸나 본데, 당 대표는 납니다. 안 의원이 아니라!"

화가 머리끝까지 난 강구인은 결국 소리를 지르고 말았다.

"우리는 협조하는 사이야! 내가 당신 부하가 아니라는 걸 잊어버린 모양인데!"

"강 의원, 지금 무슨 말을 하는 겁니까?"

"내가 안 도와주면 당신도 대통령 못 한다 이겁니다!"

그 말에 안주원은 아차 싶었다.

실제로 대통령 후보가 되었다고 최근 좀 기고만장했던 건 사실이니까.

"내가 장래에 좋은 관계를 유지하고 싶어서 숙여 주니까 당신 부하인 줄 아나 본데, 어디 한번 제대로 해볼까요?"

국회의원이 대통령이 되면 보통은 기존 정당과 친밀한 관계를 이어 간다.

하지만 사이가 틀어져서 대통령이 식물 대통령이 된 적도 있다.

심지어 소속 정당에서 그 대통령을 탄핵하겠다고 지랄 발광한 적도 있다.

그리고 반대로 대통령이 권력을 이용해서 당을 사당화하고 노예화하기 위해 쥐고 흔든 경우도 있다.

"서로 원하는 바를 이루자고 시작한 거 아닙니까?"

당 대표와 대통령 후보는 서로 협조해야 하는 사이다.

그런데 당 대표인 강구인이 화를 내자 안주원은 아차 싶었다.

"미안합니다."

"일단은 우리 쪽에서 해결책을 찾아볼 테니까 섣불리 반응하지 마세요. 섣불리 반응하면 선거도 하기 전에 이미지 안 좋아져요."

마땅한 방법이 없는 상황에서 강구인이 내놓을 수 있는 대책은 딱 그 정도였다.

그리고 같은 문제로 고민하는 사람은 그뿐만이 아니었다.

⚖

"그러니까 오상무 전 의원이 그쪽이랑 대화 중이다?"

"네."

"이 개 같은 새끼가!"

박도수는 이를 박박 갈았다.

박도수는 당 대표로서 자유신민당을 이끄는 사람이었다.

그리고 그의 원수라고 할 수 있는 건 의외로 민주수호당의 당원이 아닌 같은 당 소속 의원인 오상무였다.

'내가 그 새끼를 쳐 내려고 얼마나 노력했는데.'

오상무 전 의원은 박도수와 한때 경쟁하던 사이였다.

지역구가 같은 것도 아니었지만 유독 두 사람은 맞지 않고, 그래서 박도수는 막대한 뇌물과 로비를 통해 그를 공천 탈락시켰다.

그가 공천권을 쥐기 전에 떨구기 위해 쓴 로비 자금만 10억이 넘는다.

　그렇게 해서 오상무를 공천에서 탈락시키고 당에서 쫓아냈다. 그리고 어렵지 않게 자유신민당의 당 대표가 될 수 있었다.

　만일 오상무 전 의원이 있었다면 아마 출마했을 테니, 박도수가 당 대표가 되지 못했을 가능성이 높았다.

　"그놈이 우리를 배신하려 한다고?"

　그랬기에 오상무가 마이스터와 접근해서 대출을 알아보고 있다는 소식은 꺼림칙하기 그지없었다.

　'그 새끼는 영 아닌데.'

　동족 혐오라고 해야 할까?

　오상무와 박도수는 너무나 비슷했다.

　심지어 당 대표를 거쳐서 대선에 출마하려는 것까지.

　그렇다 보니 박도수는 장기적 라이벌이 오상무인 걸 알고 막대한 뇌물을 주고 그를 공천 탈락시킨 거다.

　그런데 그런 그가 돌아온다니?

　'안 돼. 그럴 수는 없어.'

　사실 공천 탈락이 되었을 뿐 그에게 힘이 없는 건 아니다.

　자신의 지역구에서 무소속으로 출마할 정도의 인지도와 인기를 가지고 있기도 했다.

　'그래서 내가 얼마나 지랄을 했는데.'

　그런 그가 무소속으로 출마하는 걸 막기 위해 지역 은행장

들을 위협하고 다시는 재기 못 하도록 온갖 수를 썼다.

그런데 그런 오상무가 돌아온다?

'미치겠네.'

오상무는 바보가 아니다. 자신이 그런 짓을 했다는 걸 누구보다 잘 알고 있다.

당연히 자신에게 복수할 테고, 그러면 자신은 몰락할 거다.

"오상무는 배신자입니다. 그놈이 돌아오면 안 돼요."

그랬기에 박도수는 강용안에게 단호하게 말했다.

하지만 강용안은 꺼림칙한 얼굴이었다.

물론 박도수와 오상무의 사이는 안다. 그러니 박도수가 이렇게 강력하게 발언하는 걸 이해 못 하는 바는 아니다.

"그런데 그걸 막을 방법이 없지 않습니까?"

"그거야……."

그 말에 박도수는 할 말이 없었다. 진짜로 그랬으니까.

아무리 국회의원이라 할지라도, 설사 대한민국을 대표하는 두 개 정당 중 한 곳의 당 대표라 할지라도 다른 사람에게 선거에 나서지 말라고 하는 건 부당한 압박이 될 거다.

"그런 짓을 했다가는 도리어 우리가 불리해질 겁니다."

한 정당이 정치적으로 불편한 사람에게 위협을 가하면서 선거에 나서지 말라고 한다?

그게 밖으로 새어 나가면 선거에서 이쪽이 도리어 당할 거다.

"아니면 오상무 그놈에게 약점을 잡을 만한 걸 알고 계십니까?"

"아니요. 후우~."

오상무는 지독한 놈이다. 심지어 정치적 능력치만 보면 박도수 본인보다 더 뛰어나다.

정확하게는, 그만큼 야심이 큰 인간이었다.

그랬기에 사생활도 더럽게 깔끔했다.

자신은 접대도 받고 여자도 품고 돈도 좀 받고 그랬지만, 오상무는 그런 게 약점이 될까 봐 아내 이외에는 밥도 같이 먹지 않는 지독한 놈이었다.

"그러면 방법이 없잖아요?"

정당 대표가 나서서 선거에 출마하지 말라고 하는 건 불법이라 이 사실이 새어 나가면 자기 정치 인생을 종 치지만, 그럼에도 약점을 잡고 위협하는 건 흔한 일이다.

'당장 나만 해도 그렇지.'

그런 짓거리를 한 게 박도수만이 아니다.

사실 강용안은 자유신민당의 유력 대통령 후보가 아니었다. 그보다 더 가능성이 높은 후보가 있었던 것이다.

하지만 강용안은 그에게 혼외자가 있다는 약점을 물고 늘어지며 후보로 계속 나올 경우 터트리겠다고 위협했고, 그 결과 그가 물러나서 그 대신 대통령 후보가 될 수 있었다.

"그렇다고 가만둘 수도 없는 일인데."

오상무라는 인간이 얼마나 지독한 놈인지 알고 있는 박도

수는 떨떠름할 수밖에 없었다.

마지막 순간 공천에서 떨어지고 임기 마지막 날에 굳이 자신의 방으로 찾아온 오상무.

그는 차가운 눈빛으로 이렇게 말했었다.

−군자의 복수는 10년도 이르다.

짧은 말이지만 그가 무슨 생각을 하는지 알 수 있었기에 박도수는 그의 재기를 방해해야만 했다.

'젠장, 이거 껄끄러운데.'

문제는 공개적으로 방해할 수 없는 상황이라는 것.

그걸 당 차원에서 반대한들 마이스터가 신경 쓸 리도 없거니와, 국민들의 눈에는 법이고 원칙이고 없이 그냥 기득권을 지키기 위한 위협으로만 비칠 것이다.

'돌겠네, 진짜.'

두 사람은 아무런 말도 못 했다.

노형진도 이들이 어떻게 나올지 몰랐지만 이들도 노형진 어떻게 나올지 몰랐기에, 결국 모든 것은 혼란 속으로 빨려들어가고 있었다.

우정 같은 소리 하고 자빠졌네

"돈을 빌려준다면 내 최선을 다하지."

오상무.

한때 자유신민당의 의원이었으며 지금은 재야 정치인이
되어 버린 사내.

하지만 그는 과거의 모습과는 너무나 달랐다.

'내가 아는 오상무가 아닌데?'

마지막으로 봤던 오상무의 모습은 날카롭기는 하지만 건
장하고 당당한 정치인이었다.

야심이 있고 능력도 있는 사내.

자유신민당에서도 미래의 대통령감이라고 불리던 사내는
그사이 삐삐 말라 뼈만 남은 모습으로 노형진을 찾아왔다.

"내 복수만 도와준다면 난 아무것도 필요 없네."

"복수……라고요?"

"그래, 복수."

오상무는 과거의 오상무가 아니었다.

정치인으로서의 권력? 미래 대권 주자로서의 꿈?

그 모든 게 사라졌다.

"박도수 그리고 강용안, 그 두 놈 때문에 난 모든 걸 잃어버렸네."

평생을 정치적 꿈만을 위해 달려왔다. 그러다 보니 공천에서 탈락한 후에 할 수 있는 게 없었다.

그 정도 되는 정치인이라면 정치적 인맥이 있으니 감사니 고문이니 하는 직업으로 어디든 한자리 얻었어야 정상이다.

"하지만 박도수 그놈이 그렇게 하도록 놔두지 않더군."

자유신민당의 힘을 이용해서 어디에서도 자리를 구하지 못하게 했다.

작은 회사라도 들어갈라치면 전화해서 압박을 가했다.

모아 둔 돈이 적은 건 아니었지만 그사이 돈을 까먹는 건 어쩔 수가 없었다.

"그러다가 내 아내가 암에 걸렸다네."

다시 한번 선거에 나가기 위해 모아 두었던 돈도, 그리고 다시 한번의 재기를 노리기 위해 자신을 밀어주었던 직원들도 아내를 살리기 위해 포기해야 했다.

"돈이 필요했네."

그런데 돈을 구할 수가 없었다.

대출을 알아봤지만 박도수의 방해로 대출마저도 받을 수가 없었다.

결국 아내는 제대로 된 치료도 받지 못한 채 집에서 쓸쓸한 죽음을 맞이해야 했다.

"한때 정치에 투신해서 큰 꿈을 꾼 적도 있었지."

대통령이 되겠노라고.

그리고 그게 손에 잡힐 듯이 가까워지기도 했다.

"하지만 모든 걸 잃어버렸네."

아내도, 수십 년을 같이 일해 준 직원들도.

모든 걸 잃어버린 오상무에게 남은 건 오로지 단 하나, 악뿐이었다.

"그래서 다시 한번 선거에 나가시려는 겁니까?"

"복수만이 내게 남은 전부니까."

꿈도 희망도 미래도, 모두 사라진 자리에 남은 것은 단 하나, 복수에 대한 열망뿐.

"흠, 죄송한데 저희는 도와드릴 수가 없겠네요."

"어째서?"

"저희는 대한민국의 미래를 위해 대출을 해 드리려는 건데요."

"내가 그런 얄팍한 거짓말에 속을 거라 생각하나?"

'그건 아니겠지.'

사실 정치판에서 구르고 구른 사람들이 마이스터의 선거 비용 대출 프로젝트의 본목적을 알아채지 못하는 게 이상한 거다.

다만 알고도 못 막는다는 게 문제일 뿐이지.

정치판 사람들은 다 알 거다.

이 정도 목적성도 읽어 내지 못하는 사람들은 정치판에 적응도 못할 테니까.

"그럼 뭐, 설명해 드리죠. 15% 득표가 기준입니다. 빚을 갚으셔야 하죠. 그런데 솔직히…… 갚으실 수 있겠습니까?"

뼈만 앙상하게 남은 오상무다. 그런 모습에 노형진은 그냥 툭 까놓고 말했다.

'당장 쓰러지지 않고 버티고 있는 게 더 이상한 것 같은데.'

복수라는 목적에 사로잡혀 있는 사람은 그 자체에서 힘을 얻기도 하지만 때때로 그 목적을 위해 자신의 생명을 불사르기도 한다.

"선거 전에 돌아가실 것 같습니다만."

"아니, 안 죽어. 나는 못 죽어. 박도수 그놈의 모가지를 따 버리기 전까지는."

"하지만 열의만으로 복수할 수 있는 세상은 아니죠."

열의만으로 복수를 할 수는 없다.

변호사로서 수많은 복수를 해 온 노형진이기에 알고 있다.

원한을 가진 대상에게 총질을 하는 건 해외에서나 가능한 일.

한국에서는 불가능하며, 다른 방식으로 복수하는 것은 더더욱 힘들다.

"알고 있네. 그래서 찾아왔지."

그렇게 말하면서 오상무는 뭔가를 꺼내 노형진에게 건넸다.

그건 제법 두툼한 수첩이었다.

"이게 뭡니까?"

"자유신민당의 공천에서 떨어진 사람들, 그것도 지역 내에서 상당한 권력과 인지도를 가진 사람들의 연락처일세."

그 말에 노형진은 눈을 크게 뜨고 수첩을 바라보았다.

자유신민당을 흔들, 그것도 제대로 카운터를 먹일 수 있는 무기였으니까.

"그걸 가지고 있다고요?"

"뒤가 두려운 놈들은 넘쳐 나니까."

그리고 그들은 자신의 권력을 지키기 위해 수많은 수작질을 해 왔다.

명단에는 힘없는 신인들만 있는 게 아니었다.

'아니, 이런 게 있다고? 잠깐, 이 사람은?'

수첩을 받아서 펼친 노형진.

그리고 가장 위에 쓰여 있는 사람의 이름에 바로 눈이 커졌다.

'전전대 자유신민당 대통령 후보 출마자 아니야?'

전전대 대통령 후보, 정확하게는 홍안수 이전 대통령 후보를 뽑을 때 나왔던 사람이다.

그는 당내 경선에서 패배하고 결국 대통령 후보로 나서지 못했다.

'하지만 그게 끝이었지. 정확하게는, 사지로 내몰렸지.'

대통령 후보 결정 이후 이어진 것은 보복이었다.

다음 선거에서 본을 보인다는 목적으로 그에게 사지 출마가 강요되었다.

뭐, 목적은 뻔했다. 퇴출.

자신의 지역구도, 그렇다고 자유신민당의 우세 지역도 아닌 민주수호당의 안방에서 강제로 출마했고, 당연히 처참한 차이로 떨어졌다.

그리고 그대로 정계 은퇴.

"경쟁에서 떨어지면 보복은 잔인하게 들어오지."

그나마 사이가 좋거나 진짜로 아쉽게 선거에서 진 거라면 그냥 방치되겠지만 당의 주요 세력에게 찍혔다?

그러면 그날로 정치생명은커녕 생명도 부지하기 힘들어진다.

"그도 나와 같아. 오랜 시간 재기를 노리고 있었지."

하지만 그 역시 현 자유신민당의 방해에 재기가 불가능한 상황.

"그 수첩에 있는 건 그런 사람들의 연락처라네."

복수심에 불타 자유신민당과 싸우고자 하는, 한때 한편이었던 사람들.

'업보인가?'

권력을 지키기 위해, 남의 권력을 빼앗아 오기 위해 서로 먹고 먹히던 오랜 시간 그 업보가 쌓이고 쌓여 이 수첩에 들어가 있었다.

"그거라면 충분히 자네가 원하는 걸 이룩해 낼 수 있을 텐데?"

애석하게도 대한민국의 선거에서 표를 많이 가져오는 건 중요하지 않다.

상대방의 표를 최대한 빼는 것이 선거의 핵심이다.

"한 명이 출마하면 표가 두 개로 갈리지. 하지만 두 명이 출마하면 표는 세 개로 갈려. 세 명이 출마하면? 표는 네 개로 갈릴 거야."

"그렇지요."

"자네가 원하는 게 그런 거 아닌가?"

오상무의 바짝 마른 얼굴에 비릿하고 잔인한 미소가 떠올랐다.

"보통 국회의원 선거에 들어가는 비용은 1인당 1억 5천 정도지. 표가 갈리면 그만큼 자네 당에 표가 쏠릴 테고. 1억 5천을 써서 수만 표를 사 갈 수 있다면 그것도 나쁘지 않지 않나?"

돈으로 표를 사는 건 불법이다.

하지만 돈으로 표를 갈라 버리는 것?

그건 아직 규정도 없고 막을 수도 없다.

"재미있네요."

노형진은 씩 하고 웃었다.

그런 노형진의 머릿속에 문득 어떤 생각이 떠올랐다.

"인터넷에 이런 말이 있죠. 젊음은 돈으로 살 수 없다. 하지만 젊은이는 돈으로 살 수 있다."

착취하고 뜯어먹고 그들을 노예로 부리는 자들. 그들을 비꼬는 말이다.

그런데 문득 그런 생각이 들었다.

"민주주의에서 표는 돈으로 살 수 없죠. 하지만 후보는 돈으로 살 수 있죠."

그러고는 자신 있게 물었다.

"어디에서 출마하시겠습니까?"

⚖

자유신민당과 민주수호당에 날벼락이 떨어졌다.

기존에 공천에서 떨어졌던, 그리고 파벌 싸움에 밀려 떨어졌던 자들이 몰려왔기 때문이다.

"허, 세 명이라고?"

"네."

"이 정도면 거의 우리가 독식하는 것으로 봐야 하는 거 아닌가?"

"그렇죠."

서울 강남갑.

그 지역은 한국에서 가장 치열한 곳이라고 할 수 있다.

왜냐하면 전국에서 가장 비싼 동네이니까.

반대로 말하면, 그곳을 차지하면 수십억 정도의 뇌물은 그냥 일상적으로 받을 수 있는 곳이라는 뜻이다.

그리고 그곳에서 출마하겠다고 한 사람은 무려 세 명.

"그리고 그 세 명이 모두 한때 자유신민당의 터줏대감이었습니다."

하지만 파벌이 다르다는 이유로 그리고 파워 게임에서 밀렸다는 이유로 결국 원하지 않았던 퇴출을 당한 이들이다.

"그들 한 명 한 명이 최소한 15% 이상의 표를 끌어올 수 있는 사람들이고요."

"자유신민당은 난리가 났겠군."

"네. 뭐, 민주수호당이라고 해서 별반 다른 건 아니지만요."

서울 강남갑 지역은 대놓고 자유신민당의 지역이다. 그렇기에 민주수호당은 그곳에서 치른 거의 대부분의 선거에서 고배를 마셨다.

그런데 다음번에 그곳에서 출마하고 싶다고 한 사람이 이미 세 명.

아니, 자유신민당에서도 한 명을 내놓을 테니 보수 세력에서만 네 명인 셈이다.

"표를 갈라 먹으면 그들이 이길 수 있는 방법은 없지요."

최소한 10%씩만 갈라 먹는다 해도 자유신민당 소속 의원은 기존 표의 70%만 가지고 싸우는 셈이다.

하지만 그렇다고 민주수호당이 유리해지는 것도 아니다.

왜냐하면 민주수호당 출신도 그곳에서 두 명이 출마하니까.

즉, 그곳에서 출마하는 민주수호당 계열의 인사들은 총 세 명이 되는 셈이다.

그건 자유신민당은 1인당 평소 지지 세력의 25% 정도의 표를, 민주수호당은 지지 세력의 33% 정도의 표만 챙겨 간다는 뜻이다.

"그에 반해 우리국민당은 추가 인원이 없으니까요."

일단 우리국민당은 생긴 지 얼마 되지 않아 아예 공천 탈락자나 파벌로 인한 퇴출 대상이 없기에 그들의 표를 나눠 가지면서 컴백을 요구하거나 원하는 놈들도 없었다.

"더군다나 그쪽 사람들은 모두 하나같이 같은 목적을 가지고 있거든요."

"나도 들었네. 컴백을 한다는 거지?"

단순히 정치판으로 돌아온다는 게 아니다.

정확하게는, 자신이 당선될 경우 무조건 기존 정당으로 돌아가겠다고 어필하기로 했다.

왜냐, 그래야 그쪽 표를 갈라 먹을 수 있으니까.

만일 재기에 성공하고 반대 정당으로 간다고 말하면 양당의 지지자들이 배신감을 느끼고 표를 주지 않을 테니까.

"하지만 돌아간다고 하면 기존 지지 세력 입장에서는 혹하거든요."

특히나 현 국회의원이 마음에 안 들거나 하는 경우 사람들은 쏠릴 수밖에 없다.

"허허허."

송정한은 헛웃음이 나왔다.

정치판은 치열하고 복잡하며 또한 무섭다.

"후보를 돈으로 산다니, 누가 그런 생각을 하겠는가?"

"사실 후보를 돈으로 사는 게 딱히 비밀은 아니지 않습니까? 전 그걸 살짝 다르게 적용한 것뿐입니다."

"끄응, 그건 그렇지."

후보를 돈으로 사는 경우는 사실 흔하다.

정확하게는 치열한 경합이 벌어지는 경우에 소수 후보나 군소 후보에게 접근해서 돈과 권력을 보장하고 그 대신 지지 세력으로 포섭해서 자신에 대한 지지 선언을 하게 하는 경우가 넘쳐 난다.

국회의원 선거나 당 대표 선거, 심지어 대통령 선거까지 그런 일은 흔하게 벌어진다.

'언론에서는 대통합이니 뭐니 하지만.'

결국은 기브 앤드 테이크.

이권을 보장하고 표를 거래하는 거다.

실제로 선거판마다 그걸 노리고 출마하는 놈들도 있고.

사람들이 봤을 때는 '급이 안 되는데 왜 나가나.' 하는 놈들도 진짜 승리하기 위해서가 아니라 그러한 거래를 통해 자신의 이권을 관철하고 자신의 세력을 늘려서 먼 미래를 준비하려는 목적으로 출마하는 놈들이다.

그런 놈들에게 그런 선거에서 태우는 수억 정도는 딱히 가치도 없을 정도로 사소한 금액이니까.

후보로 나가서 소위 대통합이라는 걸 하는 대가로 이권을 보장받으면 들어가는 돈은 수억 정도지만 받을 수 있는 돈은 수십억에서 수백억이다.

'그래서 내가 그런 놈들을 싫어하지.'

물론 한두 번은 그럴 수도 있다.

하지만 서너 번에 걸쳐 계속 그런 짓을 하면서 이권만 노리는 놈들도 있다는 걸 노형진은 안다.

"그리고 이번에는 그걸 제가 역으로 이용한 것뿐이죠."

"그렇군. 그럼 자유신민당과 민주수호당 입장에서 승리하기 위한 방법은 하나뿐이군."

"네, 소위 말하는 대통합이죠."

하지만 말이 통합이지 결국 돈과 이권을 주고 다른 후보들의 표를 사야 한다.

문제는 상대와 사이가 안 좋다는 것.

"설사 진짜 숙이고 들어가야 한다고 해도, 그 자체로도 부담스러울 수밖에 없거든요."

정치판은 마약 같은 곳이기 때문에 그들은 정치판으로의 복귀, 즉 다음 선거에서의 공천을 요구할 것이다.

당연하게도 양당은 그걸 들어줄 수밖에 없다.

"설사 아니라고 해도 최소한 돈은 갚아야 하니까요."

"돈만 갚는 걸로 끝나겠나? 하하하."

출마한 사람들은 마이스터에서 돈을 빌린 사람들이다.

당연히 돈을 갚아야 하는데, 정치판의 룰에 따르면 그 돈은 지지 선언을 받거나 그 표를 흡수하는 사람이 내는 게 불문율이다.

'물론 협박받아서 물러나는 게 아니라 진짜로 협상에 의해 물러나는 경우에만 그렇지만.'

중요한 건 아무리 전 국회의원들이 미래에 복귀할 것을 약속받았다고 해도 마이스터를 대상으로 돈을 떼어먹는 미친 짓은 못 한다는 것이다.

"크하하하!"

그 사실을 잘 아는 송정한은 너무 웃겨서 배꼽이 빠질 것만 같았다.

"자유신민당이랑 민주수호당 놈들은 미칠 노릇이겠군."

같은 당 출신의 무소속이 두 명만 돼도 선거비용이 최소 4억에서 5억은 들어갈 거다.

그러니 그걸 갚아 줘야 하는 국회의원 입장에서는 미치고 팔짝 뛸 일일 것이다.

결국 그 돈을 당 차원에서 내줘야 하는데 전국의 국회의원 선거구가 한둘도 아니고, 그 정도 돈을 내주려면 아무리 정당이 두둑하게 뇌물을 받는 집단이라 해도 문제가 생길 수밖에 없다.

"완전히 코너에 몰렸어."

"물론 모든 곳에서 그렇게 협의가 이루어지는 건 아닐 겁니다."

이제 정치판에 관심이 없거나 오로지 복수 하나만을 노리는 사람이라면 그들의 요구를 거절할 테고, 그만큼 선거는 치열해질 거다.

"아마 자유신민당과 민주수호당은 우리국민당에 신경 쓰지 못할 겁니다."

"그러겠지. 그들도 바보는 아닐 테니까."

이미 그들은 우리국민당의 배신자들에게 미래의 자리를 약속하면서 배신하도록 협상을 한 상황이다.

그런데 지금 상황에서 자신들의 자리를 지키려면 결국 자신들이 쫓아냈던 공천 탈락자들과 사실상 사지로 내던져진 전 국회의원들을 설득해야 한다.

"자리는 한정되어 있고 말이죠."

"맞아. 자리는 한정되어 있지."

대한민국 국회의원의 수는 삼백 개.

그 안에서 주요 권력자들의 자리도, 자기들 자리도 보전하려면 결국 싸울 수밖에 없는 구조.

"그러면 당연히 우리국민당 출신들은 버릴 수밖에 없죠."

"그러겠지, 후후후. 그러면 우리를 배신하고 그곳으로 가려고 한 우리국민당 의원들은 미칠 노릇이겠지."

당연한 거다.

왜냐하면, 공천을 받지 못했다거나 선거에서 떨어진 사람들이야 어차피 정치적인 문제로 인해 관계가 끝난 것뿐이니까 다시 돌아온다고 해서 누가 불만을 품거나 내부의 반발이 크게 일어나지는 않을 거다.

국회의원들과 권력자들이 당을 들락날락하는 건 딱히 비밀도, 이상한 일도 아니니까.

"하지만 우리국민당 출신은 아니죠."

한때 다른 당 소속이었지만 송정한을 통해 우리국민당으로 넘어온 사람들.

그들은 다른 정당 지지자 입장에서는 배신자다.

아무리 그들이 우리국민당을 배신하여 뒤통수에 칼을 찔러 넣고 송정한을 떨구고 승리자가 되어서 돌아온다고 해도, 결국은 배신자들.

그들 때문에 기존 세력이 나가야 한다거나 제대로 대우받지 못한다고 하면, 지지 세력은 빠르게 떨어져 나갈 거다.

"이런 경우 사실 답은 정해져 있죠."

단순히 선거에서 패배하거나 공천받지 않은 사람이 우선

이지 이미 한 번 배신해서 다른 정당까지 갔던 사람은 후순위로 밀리는 게 당연한 인간의 심리.

"그러니까 자유신민당과 민주수호당은 더 이상 우리국민당 소속에게 기득권을 약속할 수 없게 될 겁니다."

자기들이 살아야 하니까.

어떻게 해서든 막대한 돈과 이권을 나눠서 기존 권력자들을 설득하고 진정시켜야 하니까.

"그러니까 선거 이전에 내부 정리를 좀 하도록 하죠, 후후후."

⚖️

"이건 이야기가 다르지 않습니까!"

주곽영은 속이 뒤집히는 것 같았다.

그도 그럴 게 자신이 총대를 메어 모든 시선이 쏠려 있는데 갑자기 민주수호당에서 뒤통수를 쳤기 때문이다.

─이야기가 다르다니?

"송정한의 모가지를 따 가면 간사장 자리는 준다고 하지 않았습니까!"

─우리는 그런 이야기는 한 적이 없다네. 우리가 무슨 킬러 조직인가? 폭력 조직도 아닌데 다른 국회의원 모가지를 따 오라고 하는 게 말이 된다고 생각하나?

분명 자신에게 이 계획을 이야기해 준 건 민주수호당의 당 대표인 강구인이었다.

그는 주곽영에게 '송정한을 물어뜯어라. 그리고 우리국민당에 속해 있는 민주수호당 의원들을 포섭해서 데려와라. 그러면 간사장 자리를 주고 장기적으로 당 대표까지 밀어주겠다.'라고 했다.

"그런데 이제 와서 말을 바꾸는 게 말이 됩니까!"

─증거 있나? 어디서 이상한 소리 하지 말아, 이 사람아.

그 말에 주곽영은 말문이 콱 하고 막혔다.

그도 그럴 게 증거 같은 건 없었으니까.

이 화제로 대화를 나눈 것은 대중 사우나에서 홀딱 벗고 있을 때였다.

서로 녹음이나 녹화 장비 없이 만나서 대화한 것이다.

'이런 개 같은 새끼들이!'

그렇잖아도 얼마 전 터진 전 국회의원들의 집단 반란.

그 반란에 영 찝찝함을 감출 수가 없었다.

자신도 정치인이기에 그들이 돌아오기 위해 무슨 짓을 할지 예상하는 건 어렵지 않았고, 그 협상을 위해 어떤 요구를 할지 알 수 있었기 때문이다.

그래서 자신의 자리를 확실하게 보장받기 위해 전화한 것인데, 아나나 다를까 강구인은 딱 잘라서 나는 모른다고 잡아떼고 있는 거다.

─하여간 이상한 소리 하지 말게. 그렇잖아도 머리 아프니까.

그럴 만하기도 하다.

민주수호당 측 사람들이 자유신민당보다 더 많이 대출을 받아 갔으니까.

물론 대놓고 선거에 출마하겠다고 말하는 상황은 아니지만 애초에 대출의 목적이 선거 출마인 점을 감안하면, 재수 없으면 표가 갈가리 찢겨서 민주수호당은 소리 소문 없이 사라지게 생겼다.

그런 상황에서 우리국민당 소속을 데려와서 한자리를 준다? 더군다나 한두 명도 아닌데?

그건 굴러온 돌이 박힌 돌 빼내는 꼴이 될 수도 있기에 나 몰라라 할 수밖에 없었다.

─나는 바쁘니까 나중에 통화하세.

강구인은 염치가 없는지, 아니면 그냥 이제 볼 장 다 본 사이라고 생각했는지 가차 없이 전화를 끊어 버렸다.

"이런 쌍!"

주곽영은 결국 치밀어 오르는 분노를 참지 못하고 핸드폰을 바닥에 힘껏 집어 던졌다.

'콰직!' 소리와 함께 핸드폰이 박살 났지만 그렇다고 해서 그의 속이 풀리지는 않았다.

"이런 개 같은 새끼! 죽여 버릴 거야!"

그가 길길이 날뛰는 그 순간, 문이 열리면서 한 남자가 들어왔다.

그는 주곽영을 바라보며 혀를 끌끌 찼다.

"진정하게나. 열받아서 날뛴다고 해서 뭐가 바뀌나?"

"내가 아무도 들어오지 말라고……! 박 의원님? 어쩐 일이십니까?"

"자네랑 이야기를 좀 하고 싶어서 왔지."

"저랑 말입니까?"

박홍장 의원.

주곽영이 우리국민당에서 민주수호당 출신 계파를 대표한다면 박홍장 의원은 자유신민당 출신을 대표한다.

더군다나 정치 경력도 나이도 주곽영보다 많기 때문에 그 존재감을 무시할 수 없었다.

"무슨 이야기를 하고 싶으셔서요?"

물론 그렇다고 해서 사이가 좋은 건 아니지만 말이다.

하긴, 애초에 이권을 따라 여기로 왔을 뿐 철천지원수나 마찬가지인 반대 정당의 사람이니까.

"이 사람아, 자네도 알지 않나? 지금 상황이 어떤 상황인지."

"……."

"자네가 말 안 한다고 모르겠나? 나도 아는 걸. 설마 민주수호당 혼자서 난리를 일으켰다고 생각하나? 우리가 왜 자네 편을 들어 준 것 같나?"

"끄응."

박홍장의 말에 주곽영은 신음을 내더니 결국 문을 닫고 그에게 자리를 권했다.

어느 정도 예상을 하기는 했다.

자신이 민주수호당의 지령을 받고 움직이기는 했지만 그걸 도와준 건 자유신민당 소속이었으니까.

그리고 정치판에서 이권만 있다면 철천지원수처럼 구는 두 정당이 손잡는 것도 사실 흔한 일이니까.

"자네도 알지? 지금 우리 본가가 시끄러운 거 말이야."

"알고 있습니다."

"노형진과 송정한에게 제대로 당했어. 그놈들이 함정을 제대로 팠단 말이지."

이미 나가리가 된 놈들을 이용할 줄은 생각도 못 했기에 그들은 완전히 방심했다.

사실 그렇게 내몰린 놈들은 대부분 재기 불능으로 떨어진다. 그걸 알기에 방심하고 있었다.

하지만 표를 나눈다는 개념으로 접근해 버리자 도리어 카운터가 되어 버린 것.

"문제는 자네나 나나, 아니 우리 모두 송정한 눈 밖에 났다는 거야."

처음 총대를 멘 건 주곽영이었지만 박홍장을 비롯한 기존 정치인들의 상당수가 송정한에게 반기를 들었고, 송정한은 그걸 이미 인식한 상황이다.

"이 상황을 어떻게 해결해야 하느냐 이거지."

"끄응."

"송정한이 우리를 가만두겠나?"

"그럴 리가 없죠."

송정한은 기존의 말랑하고 만만한 정치인들과 다르다.

개혁 주의자라는 놈들은 대부분 지지 세력을 지키기 위해 결국 개혁을 포기하게 되기에 그때를 이용해서 자빠트리는 게 어렵지 않았다.

하지만 송정한은 다른 사람들과 다르게 확실하게 보복하는 타입이었다.

단순히 그냥 공천만 안 주는 걸로 보복하면 그나마 다행이다. 자신들이 저지른 부패 범죄에 대한 처벌도 같이 하기 때문에 위험하기 그지없는 놈이 바로 송정한이었다.

"우리는 다음 선거에서 출마도 못 할 걸세."

"송정한이 공천을 안 주겠죠."

"그러니까 우리는 한배를 탔다는 걸세."

"무소속으로 출마하는 건……."

"되겠나? 솔직히 말해서 우리 우리국민당은 송정한 개인의 인기에 기대는 부분이 워낙 크지 않나?"

"후우~."

그런 경우가 종종 있다.

아니, 새로운 정당의 창당은 거의 100% 그런 경우라고 봐야 한다.

자유신민당과 민주수호당은 그래도 오랜 역사를 가진 정당이라서 골수 지지층이 있는 반면, 새로 생긴 정당은 골수 지지층이 없는 대신에 개인의 압도적인 지지를 기반으로 한다.

"아마 우리국민당을 송정한의 당이라고 바꿔도 아무도 뭐라고 하지 못할 걸세."

"……."

그걸 알기에 송정한은 담가 버리고 그 이권을 가지고 원래 있던 각자의 정당으로 가려고 했던 것이 아닌가?

"문제는 우리는 양쪽에게서 버려졌다는 거야."

본가에서도 버려진 상황이니 송정한에게 살려 달라고 비는 것 말고는 방법이 없는 상황.

문제는 그런다 한들 해결될 가능성도 높지 않은 데다가 자존심도 상한다는 거다.

"그러니까 우리가 손잡아야 한다는 거지."

"기호지세다 이겁니까?"

"기호지세라, 맞는 말이군."

이미 송정한에게 쿠데타를 일으켜 이빨을 드러냈다.

이제 송정한을 몰아내지 못하면 자신들은 죽는다.

반대로 송정한은, 이 쿠데타를 진압하지 못하면 결국 그저 그런 개혁주의자로 남게 된다.

"그러니 같이 싸우세."

"선택지가 없군요."

주곽영은 박홍장의 말에 수긍할 수밖에 없었다.

이미 호랑이 등에 올라탔고, 살기 위해서는 두 사람이 함께 송정한과 싸워야 한다.

"함께하겠습니다."

"죽으나 사나 우리는 함께하는 걸세."

마주한 두 사람의 눈빛이 한마음으로 반짝 빛났다.

하지만 그 마음의 가치가 얼마나 하찮은지는, 노형진이 누구보다 가장 잘 알고 있었다.

⚖️

"선거 공천권? 다음 국회의원 선거는 멀었네만."

노형진의 말에 송정한은 고개를 갸웃했다.

조용하고 은밀하게 할 말이 있다고 해서 노형진을 아무도 없는 곳으로 데려왔다. 조용한 호숫가에서 두 사람이 걸으면서 하는 이야기를 들을 사람은 없으니까.

"알고 있습니다. 하지만 선거가 국회의원 선거만 있는 게 아니죠."

"지방선거를 말하는 모양이군."

"네, 맞습니다."

올해 대통령 선거가 있다. 그리고 정확하게 3개월 후에 지방선거가 있다.

"이제 슬슬 지방선거의 공천을 시작해야 하는 시점이죠. 더 늦어지면 그때는 송 의원님이 지방선거에 끼어들기가 애매해지거든요."

"하긴, 그렇지."

이기든 지든 송정한은 지방선거에 낄 수가 없다.

이기면, 대통령으로서 특정 정당의 공천에 끼어드는 건 심각한 헌법위반 사항이다.

그것도 탄핵이 가능할 정도로 아주 큰 헌법위반.

그렇다면 패배하면 낄 수 있느냐?

그렇지 않다.

지금 사회적인 분위기는 '어대송'이라고 한다.

어차피 대통령은 송정한이라고 할 정도로 그의 지지율이 높다는 뜻이다.

"그런 상황에서 진다면 그 책임도 내가 독박을 쓰게 되겠지."

"오래된 방법이죠."

누군가가 대통령 선거에 출마한다는 것은 그만큼 그가 강력한 힘을 가질 수 있다는 의미도 되지만 동시에 리스크가 가장 큰 위치에 선다는 의미도 된다.

왜냐하면 대통령 선거에서 패배할 경우 심각한 책임론이 대두되기 때문이다.

설사 소속 정당에서 방해해서 선거에서 떨어졌다고 해도, 결국 선거에서 패배한 책임은 후보 혼자서 질 수밖에 없다.

만에 하나 대통령 후보가 선거에서 졌는데 '나는 열심히 했는데 당에서 안 도와줘서 졌다.'라고 떠든다면 그것만큼 사람이 없어 보이는 일도 없다.

"하긴, 그 상황에서 공천에 끼어드는 건 무리지."

대통령이 되든 안 되든, 결국 지방선거는 송정한의 손에서 떠날 수밖에 없는 상황.

"그러니까 미리 그에 대한 준비를 해야지요."

"그런데 그걸 이렇게 우리끼리 조용히 준비해야 하나? 딱히 비밀도 아니고 문제가 될 것도 없어 보이네만."

"그렇기에 반대로 힘을 빼야 한다는 거죠."

"누구의 힘을?"

"배신자들요."

노형진의 말에 송정한은 눈을 찡그렸다.

하긴 그놈들이 문제가 되기는 한다.

자유신민당과 민주수호당이 카운터를 막느라 자기들을 도와주지 못하자 아차 싶어서 지금은 입 닥치고 있지만, 결국 배신자들이니까.

"그놈들은 결코 반성을 하지 않을 겁니다. 도리어 둘이서 손잡고 역습을 노리겠죠."

"어차피 막장이라 이건가?"

"네, 맞습니다."

어차피 다음 선거에서 그들이 공천받기는 글렀다.

물론 송정한이 공천권을 가진 건 아니지만 최소한 송정한이 대통령이 되면 친송정한 계파가 권력을 잡는 건 당연한데, 이미 한 번 배신을 시도한 놈들에게 공천을 주려고 할 리가 없으니까.

　"아마 지금쯤 서로 손잡고 '우리는 영원히 함께한다.' 뭐 그런 소리 하고 있지 않을까요?"

　"영원히라니, 완전 개소리군."

　이 세상에 영원이라는 건 없다.

　하물며 정치인끼리의 영원이라니?

　"차라리 러시아와 미국이 하나로 통합되는 게 더 빠르겠지."

　"맞습니다. 중요한 건 그겁니다. 어찌 되었건 그들이 손잡고 송 의원님과 싸울 거라는 것."

　"그래서?"

　"그러니 그들을 분열시켜야 합니다. 편하게 싸울 수 있는데 굳이 그들이 뭉칠 수 있게 놔둘 이유는 없죠."

　"흠, 하긴 그건 그렇지. 하지만 공천권을 가지고 싸우는 게 가능하겠나? 아니, 그걸 떠나서, 그놈들이 공천하는 놈들을 믿을 수 있겠나?"

　그게 문제다.

　구태 정치인의 표본 같은 놈들이니 그놈들이 하는 공천은 100% 진심으로 국가를 위해 일할 사람이기보다는 자기들에게 뇌물을 주는 사람 또는 자기들에게 알랑방귀를 뀌면서 똥

구멍을 빨아 주는 사람일 거다.

"자네도 알 거야. 지방자치 하는 데에서 공천받는 놈들의 질이 얼마나 바닥인지."

"알고 있죠."

지방자치단체라고 해도 결국은 정치인.

그런데 정치는커녕 갑질에, 심지어 가게 앞에 주차한 차를 빼 달라고 했다는 이유로 권력을 이용해서 가게를 망하게 하려고 지랄 발광하다가 걸리는 놈도 있을 정도다.

"그런 놈들은 대부분 뻔하죠."

진짜 지역과 나라의 미래를 위해 일하려는 사람이 아니라 지방 공천권을 가진 지역 국회의원이나 권력자에게 줄 잘 서 두둑하게 주머니 좀 채워 주고 나서 공천받은 놈들이라는 것.

"나는 지방자치가 필요하다고 생각하네만 그런 놈들을 뽑고 싶지는 않은데?"

그런 놈들을 뽑느니 지방자치를 안 하느니만 못한 게 현실이니까.

"알고 있습니다. 그래서 제가 새로운 방법을 추천해 드리는 겁니다."

"뭔가?"

"서로가 서로를 인정하지 못하게 하는 거죠."

"인정하지 못하게 한다고?"

"네."

노형진은 미소를 지었다.

"우정요? 개좆같은 소리 하지 말라고 하세요, 후후후."

"네?"

"다음 지방선거를 위해 공천 시스템의 개편이 필요할 듯합니다."

송정한의 말에 주곽영과 박홍장은 왠지 떨떠름한 기분이 되었다.

'어째서?'

물론 송정한은 아직 힘을 가지고 있는 당 대표이자 우리국민당의 대통령 후보다.

하지만 대통령 후보로서 대선 준비에 바쁜 사람이 지방선거에까지 관여하겠다니.

"아직 몇 달 남았습니다, 대표님."

"알고 있습니다. 하지만 자유신민당과 민주수호당의 공천 관련 시스템은 이미 굴러가고 있는 상황이니 우리만 미룰 수는 없어요."

'그건 네가 저지른 일 때문이잖아!'

물론 슬슬 지방선거 공천을 준비해야 하는 시점인 건 사실이다.

하지만 노형진이 함정을 파는 바람에 두 정당에는 피바람이 불기 시작했다.

당연하게도 그 혼란으로 인해 일찌감치 공천 문제가 터져 나왔다.

혼란이 심할수록 공천 정리에 오래 걸릴 테니까.

"그러니 우리도 발맞춰서 움직여야지요."

"알겠습니다."

아무리 주곽영과 박홍장이 이빨을 들이밀었다 해도 맞는 말까지 반대하고 나설 수는 없었다.

갑자기 자유신민당과 민주수호당이 자신들에게 손절을 친 상황에서는 더더욱 그렇다.

'대통령 선거만 시작되면 넌 끝이야.'

그랬기에 주곽영은 이를 박박 갈았다.

'대통령 선거만 시작되면······.'

그와 박홍장의 계획은 간단했다.

현재 상황에서 송정한을 꺾는 건 불가능하다. 그러니 차라리 선거에서 방해하자.

그리고 대통령 선거에서 떨어지고 나면 그 책임을 물어서 축출하고 권력을 빼앗자.

대통령 선거에서 떨어지면 잠시라도 일종의 잠수를 하는 게 국룰이니 그 틈을 타 말려 죽이자.

그게 계획이었다.

그랬는데…….

"그런 의미에서 이제 각 지역의 공천권자를 정해야지요."

"네? 아, 뭐라 하셨습니까?"

"대한민국의 통합을 위해 각 지역의 공천권자를 정해야 한다는 겁니다. 물론 최종 결정은 당에서 하겠지만 각 지역에서 올라오는 걸 모두 당에서 검수할 수는 없으니까요."

"그렇지요."

실제로 공천을 받고 싶으면 그 지역의 국회의원이나 공천권을 쥔 당직자들에게 제법 두둑하게 뇌물을 줘야 한다.

일반적으로 구의원은 2천만 원, 시의원은 5천만 원, 도의원은 1억 원 그리고 국회의원은 3억 원 정도의 뇌물을 줘야 그나마 공천권자에게 말이라도 꺼내 볼 수 있는 게 현실이다.

물론 그 과정에서 기탁금이라고 해서 당에 내놔야 하는 돈은 또 별도다.

'그리고 이때쯤이면 이미 그 돈이 다 들어가 있단 말이지.'

미리미리 기름을 쳐 놔야 하니, 공천이야 선거 직전에 시작한다지만 이미 받을 거 다 받고 명단까지 뽑아 둔 상황일 것이다.

'그러니까 그걸 이용하지 이거지?'

송정한은 미소를 지으면서 주곽영을 바라보며 말했다.

"그러니까 주 의원이 대구 쪽을 담당해 주게."

"네?"

그 말에 주곽영은 뒤통수를 후려 맞은 듯한 얼굴이 되었다.

"저보고 지금 대구를 담당하란 말씀이십니까?"

"그래. 대구와 부산, 그쪽을 담당해서 심사를 해 주게."

"아니, 저는 그쪽에 아는 사람이 전혀 없습니다!"

"그러니 공정하게 할 수 있지 않겠나? 그리고 박홍장 의원은 광주 쪽을 부탁드립니다."

그 말에 박홍장도 순간 흠칫했다.

"송 의원, 그게 무슨 말이오? 나보고 광주 쪽을 해 달라니. 나는 광주 쪽은 가 본 적도 없소."

"누차 말씀드리지만 '공정한 심사'를 위해서입니다."

그 말에 너무 놀라서 아무런 말도 못 하는 두 사람.

'그러겠지.'

주곽영은 민주수호당 출신이고, 민주수호당의 텃밭이 바로 광주다.

반대로 박홍장은 자유신민당 소속이고 그곳의 텃밭은 바로 대구와 부산이다.

즉, 서로 한때 적지였던 곳에 가서 심사를 하고 공천을 해 달라는 거다.

'이미 네놈들이 공천과 관련해서 두둑하게 받아 챙긴 걸 알고 있지.'

일반적으로 자기 지역구 또는 자기 관련 지역에서 공천을 받기 위해서는 그 지역에 강한 정당에 갈 수밖에 없으니까.

가령 대구에서 민주수호당으로 공천받았다?

그러면 말이 공천이지, 그냥 가서 죽으라는 소리다.

광주 역시 마찬가지고 말이다.

'그러니 그 지역의 권력자들은 뻔하지.'

분명 주곽영이나 박홍장 같은, 그 지역의 유력 정치인에게 돈을 주면서 자신의 공천을 요청했을 것이다.

'하지만 서로 철천지원수인 반대당 출신이 가면 어떨까?'

알기는커녕 서로 인사도 한 적 없다.

'그리고 이때부터 개판 되는 거지.'

사실 이 문제의 해법은 아주 간단하다.

주곽영이나 박홍장이 서로에게 '이 지역의 공천 대상자는 누구다.'라고 알려 주면서 긴밀하게 손잡고 거래하는 거다.

즉, 예정대로 공천 대상자를 공천하라고 미리 정보를 공유하는 것.

'하지만 과연 그게 될까?'

그들은 서로에게 우정을 이야기할지 모르지만 내면에서는 서로를 못 믿고 필요에 따라서는, 아니 100% 송정한을 몰아낸 후에 본인이 권력을 잡고 싶어 할 거다.

그리고 그런 이유로 상대방의 힘을 꺾고 싶어 할 거다.

그건 반대로 말하면 그가 누군가를 추천해 준다고 해도 실제로 공천을 해 줄 가능성은 높지 않다는 거다.

더군다나 서로 정보를 공유하는 것도 상당히 곤란한 게,

공천 심사는 이제부터 해야 하는데 내정자를 알려 주는 것은 비리가 있다는 것을 뜻하니 그 자체가 나중에 약점이 된다.

나중에 선거판에서 싸울 때 '저 새끼는 공천을 하면서 뇌물을 받았다.'라는 정보가 가지는 가치는 절대적이다.

당연하게도 그걸 알려 줄 수는 없으니 결과적으로 주곽영도, 박홍장도 서로에게 자신이 요구하는 공천자 명단을 넘길 수는 없는 것이다.

'두 집단이 절대적으로 상대방을 신뢰한다면 예정대로 공천이 이루어지겠지만.'

어느 한쪽이라도 불신을 가지면 이루어질 수 없는 공천 구조.

'역시 노 변호사라니까.'

이 상태로는 상대방을 믿지 못한다. 그리고 서로 믿지 못하기에 결국 함께 갈 수 없다.

"꼭 그렇게까지 해야 하겠습니까?"

"그래야지요. 그래야 공천을 공정하게 할 수 있지 않겠습니까? 물론 여러분들이 부패한 사람이라는 뜻은 아닙니다. 하지만 그렇다 해도 주변의 시선을 의식해야지요. 지금 자유신민당과 민주수호당에서 뭐라고 하는지는 다들 아시지요?"

"……."

"……."

그 말에 두 사람은 할 말이 없었다.

그도 그럴 게 지금 두 정당에서는 자신들의 공천이나 후보자 추천이 지극히 공정하고 개인감정이 없다고 주장하고 있다.

그래야 표를 갈라 먹는 무소속 후보의 효과를 조금이라도 줄여 볼 수 있으니까.

"그런데 이런 상황에서 우리도 공정에 대한 상식적인 행동을 보여 주지 않는다면 과연 국민들의 신뢰를 얻을 수 있겠습니까?"

너무나 당연한 말이었다.

'그냥 들이받아 버릴까?'

주곽영은 한순간 그런 생각이 들었다.

차라리 들이받는 게 나을지도 모른다.

하지만…….

'그러면 이놈이 문제야.'

그는 힐끔 박홍장을 보았다.

자신이 들이받는 거야 어렵지 않다. 어차피 이빨을 드러냈으니까.

송정한은 마치 아무 일도 없었던 것처럼 가만있지만 정말로 아무런 감정도 없을 리가 없다.

'하지만 내가 들이받으면…….'

과연 박홍장도 함께 들이받을까? 과연?

자신이 송정한을 들이받아서 공천권을 잃어버리면 그곳을 차지하는 건 과연 누굴까?

답은 뻔하다. 바로 박홍장이다.

‘…….’

‘…….’

그리고 그 마음은 두 사람 다 같았기에 그들은 약속이라도 한 듯 아무런 말도 하지 못했다.

누군가 대신 들이받아 줄 거라면, 그래서 그가 진심이라는 걸 먼저 증명하면 이쪽에서도 도와주겠다는 내심은 가지고 있었지만 그걸 말하지 못한 채 서로를 의심스러운 시선으로 바라보았고, 당연하게도 결국 누구도 들이받지 못한 채로 이 야기는 끝나 갔다.

업보가 찾아왔다

"자네 말대로야. 그나마 제대로 굴러가더군."

"그렇죠?"

주곽영과 박홍장은 서로 각자 지역으로 가서 공천을 관리했다.

물론 그것도 완벽한 건 아니었다.

"공천권은 그들이 쥐고 있지만 결국 결정은 송 의원님의 지지 세력이 가지고 있으니까요."

각자 잘 모르는 곳에 가서 제로에서부터 공천을 한다고 해도 결국 그 지역에 있는 자기네 계파를 뽑으려 할 건 당연한 일.

광주라고 해서 자유신민당 지역당이 없는 건 아니며, 반대로 대구라고 해서 민주수호당 지역당이 없는 건 아니니까.

"하지만 결정된 사람에 대한 감사는 이쪽이 쥐고 있으니까요."

"그래서 대부분 걸러지더군."

"그러니까 제가 권력을 구분한 겁니다. 권력의 견제는 제대로 운영되면 조직을 깨끗하게 운영되게 하죠."

두 집단이 서로 반대 지역에서 추천하고, 송정한 계파가 그들에 대한 최종 심사를 담당한다.

결과적으로 추천자와 결정자가 다른 상황이고, 두 집단에서 자기 파벌을 미친 듯이 추천을 넣고 있지만 거의 70% 이상이 송정한 계파에 의해 날아가고 있었다.

"그나저나 도긴개긴이라고 했던가? 좀 멀쩡한 놈을 추천해 줄 거라 생각했는데 말이지."

"그럴 리가요. 결국 그런 놈들이 만나는 놈들이야 뻔하죠."

돈이 되는, 그래서 자기 주머니를 채워 줄 수 있는 사람들.

그런 사람들에게 접근해서 자리를 주고 자기 사람으로 만들려 할 거다.

"그리고 제가 그걸 노린 거고요."

"하긴, 덕분에 그간 돈을 주면서 어떻게 공천 좀 받아 보려고 한 놈들은 속 꽤나 쓰리겠어."

노형진은 송정한의 말에 피식하고 웃었다.

물론 그의 말이 틀린 건 아니다. 하지만 단순하게 그것만 노렸다면 이렇게 복잡하게는 하지 않았을 거다.

"아, 물론 공천이야 그렇지요. 하지만 다른 건 이야기가 좀 다를 겁니다."

"다르다니?"

"애초에 공천을 주고받는 거야 비밀도 아니죠. 하지만 단순히 그것보다는, 더 큰 걸 노린 겁니다."

"더 큰 거?"

"네. 공천권은 각자 쥐고 있는 지역이 있습니다. 그런데 지금처럼 자기 지역구가 아닌 곳에서 공천을 하는 권력을 쥐게 되면 과연 국회의원이라는 놈들이 돈을 받을까요, 안 받을까요?"

"응? 그게 무슨 말인가?"

"이번 사태로 인한 파급력은 누구나 다 알고 있습니다."

노형진이 터트린 선거비용 대출.

그로 인해 표가 갈리게 생겼는데, 그 결과 가장 유리한 것은 표가 갈릴 가능성이 거의 없는 우리국민당이라는 걸 사람들은 잘 알고 있다.

당연히 정치를 꿈꾸는 사람들은 우리국민당으로 쏠릴 수밖에 없다.

"그건 그렇지. 자유신민당이나 민주수호당은 당분간 신인 정치인을 받을 수가 없으니까."

기존에 있던 국회의원을 비롯한 기득권을 달래 주기 위해서는 자리를 모두 그들에게 제공해야 하니 신인이 차지할 수 있는 자리는 없을 테니까.

당연하게도 신인의 자리는 부족한 걸 넘어서 아예 사라졌다고 봐야 한다.

그런데 정치를 하려는 놈들이 과연 쉽게 포기할까?

"지금 가장 가능성이 높은 정당, 그건 바로 우리국민당이죠."

"그거야 알지."

"그러면 과연 그들이 우리국민당의 공천권을 쥔 놈들에게 뇌물을 줬을까요, 안 줬을까요?"

"당연히 줬겠지. 그러니까 일이 이 지경이 된 거 아닌가?"

"물론 맞습니다. 정확하게는, 과거에 준 것도 사실이고 지금 준 것도 사실이라는 거죠."

"뭐가 달라?"

"돈을 준 상대가 다르겠지요."

기존에 그 지역을 꽉 잡고 있던 계열의 사람들은 아마 공천을 받기 위해 아주 오래전에 돈을 줬을 테고 적당히 관계를 유지하면서 지역에서 지명도를 높이기 위해 노력했을 것이다.

"하지만 이번에 새롭게 사람이 바뀌었지요. 그러면 어떻게 되었겠습니까?"

"그거야…… 아!"

당연히 자기 계파를 밀어 넣으려고 할 거다.

예를 들어 민주수호당의 텃밭인 광주 지역의 공천권을 쥔 박홍장은 어떻게든 자유신민당 지지자를 찾아내어 그를 밀어주려고 할 게 뻔하다.

"정작 온 놈은 전혀 아는 사이가 아니게 된 거죠."

기존에 그곳을 관리하던 사람들은 모조리 엉뚱한 곳으로 가 버렸으니까.

그렇다면 그간 먹힌 뇌물의 효과는 없어진 셈이다.

"도리어 다른 쪽에서 뇌물을 줄 수 있는 기회가 된 겁니다."

부산에서 민주수호당으로 공천받는다면 선거에 출마해도 이길 가능성이 높지 않다.

하지만 우리국민당 소속으로 출마해서 싸운다면 당선 가능성은 생각보다 훨씬 높다.

"그런 상황인 만큼 사람들은 자연스럽게 우리국민당으로 몰리겠죠."

"설마……."

"맞습니다. 또 돈이죠."

그것도 기존에 돈을 받아 본 적이 없는 지역에서 나오는 돈이다.

예를 들어 자유신민당의 텃밭인 대구에서 지지율을 확보할 수 없는 민주수호당 소속으로 선거에 나간다는 것은 그냥 돈 버리고 거기서 죽으라는 소리다.

그런 이유로 그런 지역은 아무도 민주수호당 소속으로 나가지 않으려고 하기에, 그런 곳에서 공천을 대가로 돈을 받는 건 불가능하다.

"하지만 우리국민당은 아니죠."

철저하게 중립적인 포지션을 유지하는 우리국민당인 만큼 당선 가능성도 높아진다.

더군다나 그런 특정 정당의 텃밭에서 반대 정당을 지지하는 사람은 골수 지지자일 가능성이 아주 높다.

"그런데 그 특정 정당 출신의 공천 심사 감독관이 왔네요?"

더군다나 그가 속한 정당은 당선 가능성도 높다.

물론 지지 정당이 아니니까 공천받을 생각도 하지 않는 놈들도 있을 것이다.

하지만 그렇지 않은 경우에는 어떻게 공천을 받을까?

"돈을 줬겠군."

"정답입니다."

시간은 얼마 없는데 확실하게 공천받을 수 있는 방법.

그건 돈이다.

"그리고 그걸 확신한 이유는 바로 탈락률 때문입니다."

"하긴, 너무 높기는 하지."

"네, 저희가 무작정 맡긴 게 아니니까요."

공천을 하고 싶다고 해서 무조건 받아들이지는 않는다.

왜냐하면 그런 식으로 인맥으로 자리를 채우는 경우 100% 문제가 생기기 때문이다.

그래서 공천을 받기 위한 필수 조건이 있다.

일단 범죄 이력이 없어야 하며, 지역 유지의 경우에는 범죄 이력이 없다는 회사 직원들의 인터뷰를 받아야 할 뿐만 아니라 자신의 정치적 소신이나 목적 등 자소서를 직접 자필로 써서 내야 한다는 조건까지 달았다.

"하지만 대부분 거기에서 걸러지지."

일단 범죄 이력이 없어야 한다는 조건에서 그들과 우리국민당 사이의 괴리감이 엄청났다.

그들이 가진 범죄 이력이란 주정차 딱지와 같은, 누구나 다 할 수 있는 실수 정도가 아니었다.

그렇기에 고의에 의한 범죄—자금 횡령이나 폭행 또는 음주 운전 등 사회적으로 분란을 일으킬 가능성이 매우 높은 것—를 걸러 내기 위해 우리국민당에서 공천 조건을 고지한 것이다.

하지만 그들은 끝끝내 숨기고 공천을 요청해 왔고, 이후 직원과의 인터뷰도 대부분 거절하거나, 설사 거절하지 않더라도 직원들이 그들을 경계하거나 신경을 쓰는 등의 이상 징후가 있었다.

"그런 건 모를 수가 없단 말이죠."

심사를 위해 각 지역에 간 국회의원들이 그 사실을 눈치채지 못했을까?

그럴 리가 없다.

그런 사람들을 일차적으로 걸러 내기 위해 파견된 게 그들이니까.

"하긴, 그들을 통해 올라온 거니까."

"네. 그러니까 그들이 돈을 받아서 이력을 은닉한 것으로 봐야 한다는 거죠."

물론 범죄 이력을 이쪽에서 조회할 수는 없다.

그러나 선거에 나갈 때는 범죄 이력을 공개해야 한다.

그렇다 보니 그런 사람이 공천받아서 후보로 나설 무렵에는 죄목이 걸려도 당에서 해당 후보를 빼 버릴 수 없다는 문제가 발생한다.

왜냐하면 그때쯤에는 이미 후보 등록이 끝난 후라 추가 후보 등록이 불가능하기 때문이다.

스포츠 경기처럼 선수 교체를 할 수는 없으니 울며 겨자 먹기로 결국 달려가야 하기에, 실제로 자신의 범죄 이력을 속이는 공천자들이 생각보다 많다.

"물론 우리한테는 턱도 없지만 말이지."

물론 그런 상황이 가능했던 건 기존에는 자발적으로 제공하는 범죄 이력만 당에서 확인했기 때문이다.

하지만 우리국민당의 경우는 아예 동의서를 받아서 법원과 경찰을 통해 별도로 확인하기 때문에 속이는 게 불가능하다.

"중요한 건 그거죠. 아무리 그렇다고 해도 탈락률 70%는 절대로 작은 수치가 아니라는 것."

아무리 선거에 관심이 많다 해도 탈락률이 70% 이상 되는 건 무척이나 심한 거다. 그것도 '한 번 거른' 결과니까.

"그리고 이렇게 하면 우리는 깨끗한 후보를 얻을 수 있죠."

이후에는 사실상 세 곳에서 서로 교차 검증하는 방식으로 상대방의 인성이나 사회적 명망 같은 걸 확인한다.

이러면 민주수호당에서는 자유신민당에서 공천했다는 이유 하나만으로 물고 늘어지면서 검증할 것이고, 송정한 계파에서도 검증하며, 우리국민당에서도 한 번 더 심사를 하기 때문에 결국 믿을 수 있는 후보들만이 남을 것이다.

"지금이야 잠깐 지명도가 떨어지는 사람들이 올라오겠지만요."

"뭐, 지방의회라는 게 그렇지 않나?"

"그게 문제긴 하죠."

현 지방의회는 지역을 위해 일하는 사람이 아니라 당의 공천을 받아서 당에 충성하는 사람을 뽑는다.

사실 지방의회에 나오는 대부분의 사람들은 그 이전에도, 그 이후에도 지역 주민들이 이름조차 제대로 알지 못한다.

당장 지역 사람들을 붙잡고 물어봤을 때 이름을 댈 수 있는 지역 의원은 천 명 중 한 명이나 될까 말까다.

송정한은 한탄하듯 말했다.

"그런 상황에서 지방자치란 의미가 없지."

그들은 지역민에게 충성하는 게 아니라 공천권을 가진 부패한 정치인에게 충성하게 될 뿐이다.

그렇기에 대한민국의 지방자치는 이름만 지방자치지, 사

실상 특정 정당끼리의 대립의 연장선인 경우가 많다.

"그걸 바꿔야지요."

그런 점을 감안해서 노형진이 정말로 지역 민주주의에 맞는 사람을 뽑기 위해 시스템을 짜 놨기 때문에 다른 곳들과 다르게 그런 놈들은 걸러질 수밖에 없었다.

"그런데 노 변호사, 그것까지는 이해하겠어. 하지만 여전히 이해가 안 가는 게 있네만?"

"이번 일로 그놈들의 힘을 빼고 장기적으로 배제하는 방법요?"

"그래. 솔직히 이런 말 하긴 그렇지만 이건 그들을 배제한 게 아니라 도리어 그놈들에게 힘을 실어 준 꼴이 아닌가?"

물론 자기 지역구나 텃밭에서 공천을 한 게 아니라지만 어찌 되었건 공천권이라는 것은 정치인의 권력의 핵심이다.

"알고 있습니다. 그리고 그걸 이용해서 그놈들을 쳐 낼 겁니다."

"어떻게?"

"간단하죠. 그놈들이 돈 받은 걸 공개할 겁니다."

"뭐?"

그 말에 송정한은 깜짝 놀랐다.

정치판에서 공천권을 쥔 놈들이 돈을 받는 건 딱히 비밀도 아니다.

특히나 지방 공천의 경우는 거의 100% 돈을 받는다고 봐도 무방하다.

"하지만 선거가 얼마 남지 않았네. 그랬다가 우리가 공격 당하기라도 하면 어쩌려고?"

"두려우십니까?"

"음. 그놈들이 부패한 걸 공개하는 건 두렵지 않지만 내가 언론과 사이가 좋지 않으니 꺼려질 수밖에 없지 않나."

송정한도 노형진도, 빈말로도 언론과 사이가 좋다고 말할 수는 없었다.

만일 약점이 공개된다면 어떻게 될까?

아마 그게 아랫사람들이 저지른 범죄라 할지라도 그 책임을 뒤집어씌우면서 송정한의 이름에 똥칠을 하려고 혈안이 될 거다.

"얼마 전에도 내가 방화범이라는 말도 안 되는 이야기를 신나게 떠들지 않았나?"

"그랬죠."

경찰은 그 사건의 수사를 질질 끌면서 송정한의 이름에 똥칠을 하려고 했지만 유가족들이 태클을 걸면서 그마저도 힘들어졌다.

"도리어 유가족들이 그 당시 검찰과 경찰을 고소했으니까요."

유가족들 입장에서야 20년 전에는 아무것도 하지 않았던 경찰이 이제 와서 설레발치는 것이니 억울할 수밖에 없는 일이었는데, 심지어 설레발의 의도가 정치적 목적으로 없는 죄인을 만들어 내려는 것이었으니 그냥 두고 볼 수는 없었을 것이다.

결과적으로 검찰은 자신들을 조사해야 하는 상황이 되어 버렸고, 스타 검사들이 파고들기 시작하자 더 이상 사건을 크게 키우지 못하고 역으로 덮어 버리려고 혈안이 되었다.

"그 상황에서 우리 쪽 후보들이 뇌물을 받은 걸 공개한다면 그걸 나에게 뒤집어씌울 걸세."

"물론 우리가 덮으면 그렇겠지요. 하지만 우리가 역으로 그걸 공개한다면 어떨까요?"

"역으로 공개한다고?"

"네. 이런 거죠. 익명으로 공천을 받기 위해 뇌물을 줬다는 제보가 들어왔다, 그리고 우리국민당은 그런 상황에 대해 그냥 넘어갈 수가 없다."

"음, 그거야 다분히 정치적인 미사여구 아닌가?"

책임에 통감한다거나 또는 일부의 부정부패에 대해 사죄한다는 식의 이야기는 정치판에 너무 많아서 이제는 의미조차도 없을 정도로 가치가 없다.

"고작 그 정도 말로 언론과 국민들이 우리의 결백을 믿어 주겠나?"

"그러니까 우리가 스스로 피해자가 되어야지요."

"우리가? 스스로?"

"네."

송정한이 의아한 눈으로 노형진을 쳐다보았다.

"그게 무슨 말인가?"

"만일 우리가 이 사건에서 손을 털고 그냥 우리는 몰랐던 일이라고 말한다면 국민들은 자기들이 받아 처먹고 손절한다고 생각할 겁니다."

왜냐하면 모든 정치인 그리고 모든 정당이 수십 년째 그래 왔으니까.

더러운 일을 은밀하게 시키다가 걸리면 '우리는 모르는 일'이라는 식으로 발뺌해서 담당자만 독박을 쓰고 감옥에 간다.

당연히 그 과정을 지켜보는 국민들은 '저 새끼들은 자기들이 시켜 놓고 눈 가리고 아웅 한다.'라고 생각한다.

그게 정치고 그게 현실이다.

"그런데 어떻게 우리를 피해자로 만든단 말인가?"

우리국민당이 피해자가 되기 위해서는 직접적으로 피해를 입어야 한다.

하지만 송정한과 우리국민당이 피해를 입은 적은 없다.

공천은 다중의 확인을 통해 제대로 끝난 상황이니까.

"그러니까 우리가 돈을 돌려줘야지요."

"돈을 돌려줘?"

"결국 이건 핑계를 만들기 위한 과정이었으니까요."

노형진의 계획은 이랬다.

일단 공천을 핑계로 그들을 새로운 지역으로 보낸다.

그러면 새로운 지역에서 그들과 접촉한 작자들은 모두 공천을 받고 싶어서 혈안이 될 거다.

"그런 경우, 그들이 할 선택은 두 가지죠."

첫 번째는 기존에 그 지역을 잡고 있던 국회의원에게 돈을 줬으니 그 국회의원을 통해 정보를 넘겨받아서 공천해 달라고 하는 것.

두 번째는 그 지역의 권력을 잡은 새로운 권력자에게 돈을 주고 공천을 받는 것.

"그런데 말입니다, 공천에서 떨어지면 그 돈이 아깝거든요."

"그렇겠지."

공천을 받으려면 최소 수천만 원에서 1억 이상의 돈을 주어야 하는데, 당선 확률이 높은 지역일수록 그 가격이 뛴다.

비공식적으로 시의원으로 공천받기 위해서는 대략 5천만 원을 줘야 한다는 소문이 있지만 그건 어디까지나 승패가 어떻게 될지 모르는 지역들에나 해당되는 이야기다.

즉, 엎치락뒤치락하는 경쟁이 가능한 곳에서나 그런 거고 소위 말하는 텃밭, 그러니까 해당 당의 이름을 달고 나오면 개가 나오든 연쇄살인마가 나오든 확정적으로 당선될 수 있는 곳들은 시의원이라고 해도 일단 시작이 1억이다.

물론 공천을 목적으로 돈을 주는 자들은 그렇게 돈을 꼬라박아도 단 몇 달이면 복구할 수 있다는 걸 알기에 그 돈을 밀어 넣는 거지만 말이다.

"하지만 이번처럼 공천을 받지 못하는 경우에는 어떻게 될까요?"

"응?"

그 말에 송정한은 고개를 갸웃했다.

"그러고 보니 그런 경우는 생각해 본 적이 없는데?"

"당연하죠. 대부분 입 닥치고 말거든요."

공천받고자 하는 사람이 지역별로 최소한 서너 명은 될 테고, 그중에서도 경쟁이 치열한 곳은 수십 명은 될 거다.

그런 곳에서 돈을 줬는데 경쟁에서 밀리거나 해서 공천을 받지 못하게 된다면 그 사람은 얼마나 억울할까?

"하지만 대부분은 입을 닫습니다. 싸워 봐야 못 이기거든요."

상대방은 국회의원, 그것도 공천권을 쥐고 흔들 정도의 강력한 국회의원이다.

공천권은 아무리 지방선거라 해도 쉽게 주지 않는 권력이다.

그걸 지방의원은커녕 그 선거에 출마만이라도 해 보겠다고 설레발치는 놈들이 이길 수는 없다.

더군다나 그걸로 이의를 제기할 경우 싸우게 되는 상대는 그 국회의원이 아니라 정당 그 자체가 되어 버린다.

정당 입장에서는 자기 얼굴에 똥칠한 놈을 살려 두고 싶은 생각이 전혀 없을 테니까.

그들이 공천을 받아서 들어가고 싶어 하던 바로 그 정당과 척을 지게 되는 것이다.

"그러니까 현실적으로 보면 대부분 수억 또는 십수억에 달

하는 돈이 선거철마다 공천권자나 지방의원의 주머니로 들어가는 거죠."

누군가 그랬다. 국회의원을 하면서 임기 중에 아파트 한 채 구하지 못한다면 그건 병신 중에서도 상병신이라고.

그만큼 그들에게 들어가는 돈의 액수는 엄청나게 크다.

"그리고 그 돈이 아까워서 미칠 것 같은 놈이 있기 마련이죠."

왜냐, 누군가는 더 큰 미래를 위해 그리고 더 큰 권력을 위해 자신의 여윳돈으로 정치를 하지만, 다른 누군가는 소위 말하는 큰 거 한 방을 노리고 정치를 하기 때문이다.

'그러고 보니 전에 내 친구의 큰아버지가 그런 타입이라던가 그랬지?'

국회의원이 되면 못해도 한 방에 복구하거나 몇 배로 불릴 수 있다고, 집을 팔고 가산을 팔고 대출까지 해서 선거에 출마.

'그 결말이 비참했지.'

그가 뇌물로 쓴 돈만 그 당시 돈으로 30억.

지금으로 치면 거의 100억은 될 정도이건만, 그는 국회의원이 되는 데 실패했다.

정확하게는 두 번 공천받아서 선거에 나갔지만 결국 떨어졌다.

한 번은 그냥 사지로 내던져졌고, 다른 한 번은 그나마 정당 지지율이 비슷한 지역에 출마하기는 했지만 상대측 후보는 2선을 하고 3선째 출마하는 현직 국회의원이었다.

결국 그렇게 전 재산을 날리다 못해 가족들에게 빚만 남긴 후에 자살을 했다던가?

'정치란 그런 거지.'

큰 거 한 방. 한번 맛들이면 떠나지 못하는 마약 같은 존재. 그게 바로 정치다.

"그러니까 돈을 받은 각 지역의 의원들에게 돌려주라고 하지요."

"주겠는가?"

송정한은 떨떠름하게 말했다.

"물론 내가 담당했던 국회의원에게 돈을 돌려주라고 할 수는 있네. 하지만 줄 리가 없지 않나?"

"아니요. 그렇게 하면 도리어 우리가 함정에 빠지게 됩니다."

"뭐? 그러면?"

"반대로 우리가 준 후에 손해배상을 청구하는 방식으로 그들에게서 받아 내는 겁니다."

"우리가 준 후에 손해배상을 청구한다고?"

"네. 불가능한 건 아닙니다."

노형진의 말에 송정한은 한동안 말을 잇지 못했다.

하지만 이내 얼굴에 미소가 떠올랐다.

"그렇군. 그건 가능하지."

원래 범죄의 책임은 개인이 지는 게 맞다.

하지만 그 범죄가 조직이나 회사의 업무와 관련해서 이루어진 부분이 있다면 법원에서는 해당 조직이나 회사에 배상 책임을 묻는 것을 인정하고 있다.

"이건 명백하게 우리국민당의 공천권과 관련된 범죄니까."

그걸 이용해서 뇌물을 받아 꿀꺽한 거니까.

물론 이에 관련하여 정당에 책임을 물면 분명 관리 책임의 문제가 터지겠지만, 세상에 어떤 미친놈이 정당에 뇌물에 대한 관리 책임을 묻겠는가?

그럴 바에는 그냥 혼자서 절벽에서 뛰어내리든 아니면 농약을 마시든 해서 자살하는 게 낫다.

그런 짓을 했다가는 온 가족이 다 죽을 테니까.

"하지만 우리가 먼저 이야기하는 건 전혀 다르다 이거군."

"맞습니다."

이미 제보가 왔다고 공개적으로 발표하자는 것.

그리고 그 후에 손해배상을 청구하면서 그들에게 책임을 묻는 것.

"그러면 그들은 다음 공천을 포기할 수밖에 없죠."

포기 정도가 아니라 아예 정치생명도 끝날 거다.

"그리고 이쪽은 먼저 돈을 갚아 줬으니까 명백하게 피해자고 말이지."

"맞습니다."

더군다나 송정한, 아니 우리국민당에서는 뇌물이나 접대를 받지 말라고 수십 수백 번을 교육했다.

그러니 그들의 범죄행위에 대한 책임을 물어도 그걸 욕할 사람은 아무도 없다.

"설사 욕한다 한들 그들이 주변에서 호응받기는 힘들죠."

당에서 부조리를 인지하고 고치겠다는데 그걸 싫어하는 놈은 그냥 무엇이든 싫어하는 놈이든가, 아니면 부패한 놈이라는 뜻이니까.

"이제 내부를 슬슬 정리해야지요, 후후후."

정리할 시간이 코앞으로 다가왔다.

⚖

언론은 과거와는 많이 달라졌다.

정확하게는 일부가 약해졌다.

그랬기에 과거처럼 아무런 증거도 없이 의혹을 부추기는 게 쉽지 않아졌다.

완구동 방화 사건도 그렇다.

그들이 방화에 관해 멋대로 떠든 이유는 검찰에서 방화 사건에 대해 수사한다면서 송정한이 범인일 거라고 떠들었기 때문이다.

과거처럼 자기들이 먼저 떠들 수는 없게 된 것이다.

물론 그렇다고 해서 언론의 본질, 아니 대한민국 언론인의 본질이 사라진 건 아니었다.

정의와 진실보다는 권력을 탐하고, 자신들과 사이가 좋지 않은 상대방에게 약점이 생기면 그걸 물어뜯어서 힘을 과시하려 드는 그들의 본성.

　당연하게도 그건 여전히 살아 있었고, 그런 그들에게 송정한은 먹잇감을 던져 줬다.

　"얼마 전 지역 공천과 관련하여 일부 관련자들이 돈을 받았다는 제보가 들어왔습니다."

　보통 정당에서는 그 사실을 쉬쉬하면서 덮는다. 그래야 자신들의 재산이 늘어나고, 그래야 자신들의 힘이 강해지니까.

　하지만 노형진은 그렇게 생각하지 않았다.

　송정한의 말이 계속되었다.

　"그 사실에 관련하여 저희 우리국민당에서는 통탄을 금치 못하며……."

　그리고 송정한의 말이 끝나기도 전에 기자들은 미친 듯이 속보를 날렸다.

　〈단독〉우리국민당, 공천으로 뇌물 받아

　〈속보〉우리국민당, 개혁을 이야기하면서도 썩어 가

　〈단독〉우리국민당, 결국 구태 정치 못 벗어나나

　〈긴급〉송정한, 뇌물 받은 것 인정

　그들은 검증이고 뭐고 하지 않고 자신들 입맛에 맞게 미친 듯이 제목만 추가해서 그대로 기사로 내보내며 신나게 송정한과 우리국민당을 씹어 댔다.

"야, 아무리 그래도 그렇지. 정식 기사에서 냉무가 뭐냐? 냉무가."

"그게 왜?"

"아니, 미친 새꺄! 다름 아닌 냉무잖아! 애초에 이건 뉴스라고!"

"어차피 아무도 안 보는데, 뭐."

'〈속보〉송정한 뇌물 수수 인정'이라는 낚시성 제목으로 속보를 내보내던 기자는 의문으로 가득한 동료의 말에 비웃음을 날렸다.

"어차피 건당 기사료도 나오고. 이렇게나 많이 날려 대는데 사람들이 내용을 보겠냐?"

"아무리 그래도 그렇지."

"야, 중요한 건 돈이야. 내용이야 알 게 뭐냐?"

"아무리 그래도 냉무는 좀……."

냉무란 과거의 인터넷 용어로, 게시글 본문에 아무 내용도 없다는 의미다.

'내용 없음'을 내용 무(無), 줄여서 냉무라고 표현하는데, 이를 제곧내(제목이 곧 내용)라고 쓰기도 했다.

"하여간 지만 깨끗한 기자인 척하지."

동료라지만 서로 성향이 안 맞았기에 평소에 데면데면했

던 그는 짜증을 팍 부리면서 다시 한번 아무 내용 없는 뉴스
를 날렸다.

〈단독〉송정한 의원, 뇌물 수수 수사받나

물론 수사는 하게 될 거다.

다만 피의자냐 고발인이냐가 달라지겠지만, 일단 수사는
수사.

"영 꺼림칙한데."

하지만 옆에 있던 동료는 다른 기자들이 그딴 식으로 마구
기사를 날리는 와중에도 기사 작성은 하지 않고 뭔가 떨떠름
한 얼굴로 송정한의 발표만 듣고 있을 뿐이었다.

"뭐 해?"

"아니, 그냥 영 꺼림칙하잖아."

"뭐가?"

"정치인들이 자기 죄를 인정하는 꼴 봤어? 그것도 자기 정
당의 죄를?"

"뭐?"

"송정한도 정치인이라고. 그런데 자기 정당의 죄를 자기
입으로 나불거린다고? 그것도 대통령 선거가 코앞인데, 당
대표에 당의 대통령 후보로 출마한 사람이?"

말도 안 된다며 눈을 찡그리는 동료의 말에 마구 기사를

날리던 동료는 피식 웃었다.

"자칭 진보라는 새끼들이 그렇게 자폭하는 게 하루 이틀 일이냐? 진보는 분열로 망한다, 몰라?"

"그거야…… 그런데……."

"그럴 시간에 한 자라도 더 써, 인마."

대충 제목만 붙여서 날려도 수당이 3만 원씩 붙는다.

제목 하나 만드는 데 걸리는 시간은 채 5분도 되지 않으니 자신은 벌써 50만 원이나 번 셈.

"대충 날려. 고고한 척해 봐야 누가 알아주냐?"

그렇게 말하는 사이 송정한의 이야기는 종반으로 향하고 있었다.

노형진은 기자들 뒤에서 실시간으로 올라오는 뉴스를 확인하고 있었기에 자신의 계획에 맞는 타이밍이 오기를 기다리고 있었다.

'이쯤 되면 사람들의 관심을 좀 끌었겠지.'

기자들이 이 지랄을 벌일 거라는 것쯤은 노형진도 예상하고 있었다.

하지만 그럼에도 불구하고 이렇게 진행한 것은 그들에게 카운터를 먹이기 위해서였다.

'지금은 신나겠지.'

송정한이 자폭한다고 생각하고, 우리국민당까지 한꺼번에 쓸어버릴 수 있는 기회라고 생각해서 기사에 내용도 없이 자극적인 제목만 달아서 뉴스를 날리는 상황.

'하지만 이 상황에서 그 계획이 발표되면 과연 기자들이 어떻게 행동할까?'

노형진은 눈이 벌게진 기자들을 보면서 피식 웃다가 송정한에게 신호를 보냈다.

그러자 쓸데없는 이야기로 시간을 끌던 송정한은 본격적으로 낚싯줄을 당기기 시작했다.

"하여 저희 우리국민당에서는 이번 사태에 대한 책임을 지기로 하였습니다."

"책임이라니요?"

"뇌물을 주신 분들이 저희 당에 증거를 제공할 경우 그 돈을 우리국민당에서 대신 지급할 겁니다."

"……?"

"잠깐, 뭐라는 거야, 이게?"

신나게 움직이던 기자들의 손가락이 한순간 멈췄다.

너무 이례적이고 파격적인 말이기에 이해할 수가 없었던 것이다.

"돈을 준다고요? 입막음을 하겠다는 겁니까?"

"아닙니다. 입막음을 하려고 했다면 제가 기자회견을 할 리가 없죠. 정반대입니다."

"정반대?"

"어찌 되었건 공천을 받기 위해 뇌물을 준 사람들은 수천만 원에서 수억 원대의 피해를 입었을 겁니다. 그리고 기존 정치체제에서는 그 배상을 받거나 할 수 없었죠."

정치인과 정당이 입 싹 닫으면 끝이니까.

"그렇기에 저희 우리국민당에서는 그들에게 돈을 당비로 우선 지급한 후에 뇌물을 받은 정치인에게 손해배상을 청구할 예정입니다. 물론 지급하는 돈은 최고 법정이자를 기준으로 계산해서 지급하겠습니다."

"손해배상?"

"잠깐, 손해배상이라고?"

"그렇습니다."

그 말에 기자들은 너무 놀라서 기사를 쓸 생각도 하지 못하고 서로를 돌아보았다.

일반인이 국회의원에게 손해배상을 청구한다는 것.

그건 국회의원이 죽든 아니면 당사자가 죽든 둘 중 하나가 죽을 때까지 싸우겠다는 소리나 다름없다.

국회의원이 권력으로 찍어 누르고 판결도 바꿔 버릴 테니까 사실상 돈을 받는 게 힘들고, 설사 이겨도 그 후에 국회의원이 무슨 수를 써서라도 청구한 사람을 말려 죽일 테니까.

그런데 일반인도 아니고 소속 정당에서, 현직 국회의원에게 청구를 한다니?

역사상 정당에서 국회의원에게 손해배상을 청구한 경우는 단 한 번도 없었다.

"진짜로 현 국회의원에게 손해배상을 청구할 겁니까?"

"맞습니다."

"그러면 형사 고발은 어떻게 할 겁니까?"

"애석하게도 그건 저희가 어찌할 수가 없습니다."

"어째서죠?"

"만일 저희가 형사 고발을 하는 경우 뇌물을 지급한 사람들 역시 뇌물 증뢰죄로 처벌받을 수 있습니다. 그렇게 되면 사실상 피해자가 주눅이 들어서 고발하지 못하게 될 가능성이 아주 높다고 판단하고 있습니다."

실제로 국회의원이나 고위 관료에게 뇌물을 주는 사람들이 고발하지 못하는 이유가 바로 그것이다.

뇌물과 관련해서 신고하면 상대방은 뇌물을 받았다고 집행유예를 받는데 자신은 뇌물 증뢰죄로 3년 실형이 나오는 게 워낙 흔한 일이다 보니, 인생을 걸고 고발하는 게 쉽지 않았던 것이다.

상식적으로 뇌물은 주는 사람보다 요구하거나 받은 사람의 처벌이 강해야 한다.

하지만 한국은 뇌물을 받은 대부분의 사람들의 힘이 워낙 강하다 보니 처벌이 이상해져서, 뇌물을 요구하거나 받은 사람은 집행유예가 나오는 반면 뇌물을 준 사람에게는 실형이 선고되는 일이 반복된다.

그렇게 함으로써 법원은 뇌물을 준 사람의 입을 틀어막아

왔던 것이다.

그럴 수밖에 없는 게, 법원의 판사 역시 뇌물을 받는 사람들 중 하나니까.

"물론 어쩔 수 없이 뇌물을 줘야 했던 사람이 처벌을 각오하고 고발한다면 그걸 막거나 보복할 생각은 전혀 없습니다."

그 말에 기자들은 다시 한번 서로를 돌아보았다.

"저거 뭐 하자는 소리야?"

"그러게."

물론 정말로 송정한이 무슨 말을 하는지 모르는 바는 아니다.

하지만 워낙 전례가 없던 일인지라 기자들로서는 상황을 쉽게 받아들일 수가 없었던 것.

정확하게는 이 일이 불러올 파급력이 얼마나 큰지 전혀 예측할 수가 없다는 뜻이었다.

그러나 준비된 핵폭탄은 그것만이 아니었다.

"또한 한국 정치의 한 축을 담당하는 저희로서는 이 문제가 저희 우리국민당만의 문제가 아닐 거라고 생각했습니다."

'그거야 당연한 거 아닌가.'

'막말로 뇌물을 받지 않는 정치인이 얼마나 된다고.'

특히 자유신민당이나 민주수호당의 경우는 아마도 80% 이상이 뇌물을 받을 거다.

"이에 그 책임과 소명을 다하고자 다른 정당에 뇌물을 주고 공천에 떨어진 사람이 있다면 그 사람에게 배상금을 드리는 것 역시 감안할 겁니다."

송정한의 발언에 기자들은 뒤통수를 맞은 듯한 충격을 느꼈다.

"잠깐만, 다른 정당요?"

"네."

"당신들 잘못도 아닌데요?"

"우리 잘못은 아니지만, 대한민국 정치의 한 축을 저희가 담당하고 있다는 것 또한 부정할 수 없는 사실이지요."

송정한의 말을 듣고 있던 기자는 그 말에 소름이 돋았다.

'이런 미친!'

말은 그럴듯하지만 내포된 바는 아주 심각한 것이었다.

다른 정치인의 뇌물 수수와 같은 비리를 우리가 돈을 주고 사겠다는 뜻이기 때문이다.

'아니다. 사는 것도 아니구나.'

정치 집단의 일부로서 손해배상을 청구한다고 하면 국회의원이 그걸 토해야 할지도 모르니까.

물론 같은 정당도 아니고 다른 정당인 만큼 손해배상이 인정될 가능성은 그다지 높지 않다.

'하지만 상대방을 확실하게 날려 버릴 수 있는 증거가 되겠지.'

그는 송정한을 두려운 눈빛으로 바라보았다.

'이 일로 송정한을 욕할 수 있는 사람이 과연 있을까?'

물론 욕할 놈은 욕할 거다.

하지만 그런 사람은 어차피 뭘 해도 송정한에게 표를 주지 않을 것이다.

하지만 중립적인 대부분의 사람들은 죄를 인정할 줄 알고 그 책임을 다하려 하는 송정한과 우리국민당을 우호적으로 볼 게 뻔하다.

그리고 그건 자연스럽게 대통령 선거와 다음 지방선거에서 압도적인 표로 증명될 수밖에 없다.

왜냐하면 이렇게 공언하고 그 돈을 배상해 주고 손해배상을 청구해서 돈을 받아 낸다는 것은, 반대로 말하면 다른 놈들은 뇌물을 주고 올라왔는데 우리국민당 출마자들은 그런 사람이 아니라는 뜻이니까.

"이건……."

결국 송정한의 말에 당했다는 표정을 짓는 수많은 기자들.

'그러겠지, 후후후.'

노형진은 당황해서 손가락이 굳어 버린 기자들을 향해 비릿한 비웃음을 날렸다.

얼마나 당황했는지, 초 단위로 올라오던 새 기사들이 모조리 일시 멈춤 상태였다.

'당연하지. 이걸 기사화하면 송정한과 우리국민당을 홍보해 주는 꼴이 되거든.'

신나게 물어뜯으려고 내용도 안 넣고 제목 낚시로 국민들의 관심을 잔뜩 끌어 놨는데, 이걸 터트리면 사람들은 송정한에게 탄성을 내지를 거다.

'그렇다고 기사화하지 않는 건 누가 봐도 처벌 대상이지.'

한 장소에서 끊지 않고 한 이야기를 자기 마음대로 조작해서 기사화하는 것은, 명백하게 새로운 언론법이 불법으로 정해 놓은 사항이다.

즉 그 책임을 기자 개인과 언론사 모두 물어야 하는데, 송정한의 뒤에 있는 새론은 과거에도 그 책임을 물어서 수많은 부패 언론인을 자살시켰던 곳이다.

즉, 자기들이 살기 위해서는 규정대로 뒤에 벌어진 내용도 기사화해야 하는 것이다.

'하지만 그렇게 되면 다른 정당에서 죽이려고 들겠지.'

왜냐하면 돈을 갚아 주는 대상에 우리국민당뿐만 아니라 자유신민당이나 민주수호당도 포함되기 때문이다.

두 정당의 정치적 부패의 증거를 우리국민당에 제공하라고 자발적으로 광고하는 꼴이나 마찬가지인 상황인데 그걸 두 정당이 두고 볼 리가 없으니까.

'자, 우리한테 죽을래, 아니면 다른 정당에 죽을래?'

사실 답은 정해져 있다.

왜냐하면 우리국민당은 이미 제대로 기사를 내서 엮은 터라 후속 기사를 내보내지 않으면 가짜 뉴스로 처벌이 가능하지만, 다른 정당 입장에서는 그저 우리국민당의 기자회견 내용에 언급된 것일 뿐이기에 그들이 언론을 공격할 만한 꼬투리를 잡는 게 쉽지 않았기 때문이다.

"그러다가 우리국민당이 파산할지도 모릅니다만?"

어떤 기자가 변명, 아니 막아 보려는 발악으로 애써 입을 열었지만 송정한은 미소를 지었다.

"손해배상을 청구할 거니까 망하지는 않을 겁니다."

그 말에 그 기자는 할 말을 잃었다.

⚖️

송정한이 기자회견에서 언급한 손해배상과 관련된 이야기는 언론을 타고 빠르게 퍼지기 시작했다.

사실 기자들이 막고 싶다고 해도 막을 수 있는 게 아니었다.

코리아 타임라인이 가장 먼저 기사화했고 유튭을 통해서도 빠르게 퍼지고 있었으니까.

"벌써 몇 건이 들어왔다고 하더군."

송정한은 혀를 끌끌 찼다.

"자유신민당 출신하고 민주수호당 출신 양쪽 다 적잖이 받은 모양이야. 적게 받은 놈은 8천이고 많이 받은 놈은 벌써 3억이 넘어."

"간땡이가 부었군요, 진짜."

한 명이 그렇게 주지는 않았을 테고 분명 여러 명이 그 돈을 줬을 거다.

당연히 그들 모두가 지역 의원이 될 수는 없을 테니 되지 못한 놈들이 준 돈은 그냥 꿀꺽하고 마는 셈이다.

"그런데 생각보다 그렇게 많지는 않아. 왜 그런지 모르겠네. 생각보다 뇌물 받은 놈들이 적은 걸까?"

그래도 혹시나 하고 생각하는 송정한이었다.

그도 그럴 게, 그래도 직접 만든 정당에서 처음부터 함께한 사람들이니 기대감을 품게 되는 것이다.

하지만 노형진은 고개를 흔들었다.

"아닐 겁니다."

"뭐? 아니라고?"

"네, 아마도 우리 쪽에 돈을 달라고 온 사람은 결국 돈을 받지 못해서 이쪽에 청구한 사람일 테니까요."

"돈을 받지 못해서?"

"국회의원들이 바보도 아니고, 입막음을 안 하겠습니까?"

당연히 자기 자리를 지키기 위해 돈을 돌려줘야 한다.

아니, 돈을 돌려주는 걸 넘어서 입막음을 위해서는 더 많은 돈을 줘야 한다.

"우리는 이자까지 쳐서 주겠다고 했지요. 그런 상황이니 입막음을 하기 위해서는 더 많은 돈을 줘야 할 겁니다."

운이 좋다면 이자까지만 쳐서 돌려주는 것으로 끝나겠지만, 운이 나쁘면 그 이상의 돈을 줘야 한다.

"그리고 뇌물로 공천받으려 했던 놈들이 딱히 착한 놈들일 리는 없겠죠."

"그렇겠지."

"그러니까 당연히 이번 기회에 돈을 뜯어내려고 할 겁니다."

만일 5천만 원을 뇌물로 줬다면 그 5천만 원만 돌려받고 입을 닫을까?

아닐 거다. 못해도 2천 정도는 더 달라고 할 거다.

"그러면 어떻게 되겠습니까?"

"당연히 돈이 부족해지겠지."

"그러면 누가 가장 나중에 돈을 받게 될까요?"

"흠, 그렇군. 결국 이것도 권력순이라 이건가?"

"맞습니다."

위험한 사람에게 먼저 돈을 돌려주는 게 정치인의 본능이다.

그러니 자신에게 위험하거나 자신의 힘으로는 어쩔 수 없는 지역 유지 위주로 우선 돈을 돌려줄 게 뻔하다.

문제는 돈을 돌려주기 위해서는 현금이 많이 필요한데, 그 현금을 단시간에 구할 수가 없다는 거다.

물론 구하고자 한다면 구할 수는 있다.

대출을 한다거나 집을 비롯한 부동산을 판다거나 하면 그 정도 돈을 구하는 건 어려운 일이 아니다.

"하지만 국회의원들은 뻔하거든요."

한번 내 주머니에 들어온 돈은 내 돈이다. 한 푼도 손해 보기 싫다.

　그게 그들의 마음이기에 그들은 자기에게 위험하지 않은 사람의 돈으로 일단 메꾸고, 나중에 나온 돈으로 그에게 천천히 주면 된다고 생각한다.

　"하지만 돈이라는 건 결국 힘없는 사람이 다급한 법이거든요."

　같은 1억이라도 여유 자금이 100억이 있는 권력자에게는 기다려 줄 수 있는 별거 아닌 돈이지만, 여유 자금이 그게 전부인 사람은 조급해질 수밖에 없다.

　"잠깐, 그러면……."

　"네. 최소 8천에 최대 3억요? 그것밖에 안 될 리가 없죠."

　그건 못 받은 사람을 기준으로 따져야 한다는 거다.

　그리고 그 말에 송정한은 일말의 기대마저도 무너지는 느낌이었다.

　"답이 없군."

　"구태 정치인이라는 말이 괜히 생긴 말이 아닙니다."

　진정으로 개혁을 원했다면, 그래서 이쪽에 왔다면 변해야 하지만 그들은 조금도 변하지 않았다.

　"사람은 늙을수록 변하기 힘듭니다."

　그리고 한국의 정치인은 대부분 아주 나이가 많다.

　"자네 말이 맞군. 다음 선거 공천에서 빼야겠어."

　이쪽에서 약점을 잡았으니 그걸 핑계 삼아 공천에서 빼 버린다고 해도 그들은 저항도 못 한다.

무소속 출마한다고 해도 그 약점을 공개하면 그만이다.

"그렇다고 개판이 난 다른 정당에서 그놈들을 받아 줄 리도 없죠."

이미 그들도 기존 정치인들이 컴백하면서 자리가 없어서 개싸움을 벌이고 있는 판국에 과연 우리국민당에 갔던 배신자들을 받아 줄까?

"더군다나 양쪽 당도 미칠 노릇일 겁니다."

"그렇겠지. 이미 우리한테 정보가 들어오고 있으니까."

공천을 받기 위해 돈을 줬던 사람들이 정치는 포기하고 돈이라도 돌려받기 위해 우리국민당에 증거를 넘기면, 그 순간 돈을 받은 국회의원의 정치생명은 끝난다.

"그러니 어떻게 해서든 돈을 돌려줘야 할 겁니다."

당연하게도 그걸 당 차원에서 줄 수는 없으니 개인이 줘야 하는데, 이미 써 버린 돈을 돌려주는 건 불가능하다.

"그러니 약점도 넘어올 테고요."

그리고 그건 선거철이 되면 저들의 치명적 약점으로 작용할 거다.

"아마도 다음 선거에서 우리국민당은 압도적 다수당이 될 수 있을 겁니다. 그리고 역대 선거 중 가장 돈이 오가지 않는 깨끗한 선거가 되겠네요."

"어째서 말인가?"

물론 다수당이 될 거라는 예측은 어렵지 않게 할 수 있다.

하지만 돈이 오가지 않는 선거가 될 거라고?

"돈이 없을 테니까요. 누차 말씀드리지만 공천권은 결국 당의 핵심 인사들이 쥐는 가장 강력한 권력 중 하나입니다."

"그렇지."

"그놈들이 자기가 망하게 생겼는데 정당의 돈에 손대지 않을 것 같습니까?"

"아하!"

현재로서는 그들이 최상위 계층이니 당연히 당의 보호니 뭐니 하면서 정당의 돈으로 메꾸려 들 것은 불 보듯 뻔한 일.

"그리고 그에 대해 젊은 층은 불만을 가질 테고요. 선거비용은 줄어들겠죠."

법에서 정한 선거비용이 있기는 하지만 솔직히 말해서 그 돈으로만 선거를 치르는 정당은 없다.

"하지만 돈이 없으니 과거처럼 미친 듯이 돈지랄을 하지는 못할 겁니다."

패배가 거의 확정적인 상황이라면 더더욱 그럴 거다.

"기존 세력은 불만을 가질 테고 말이죠."

노형진은 씩 하고 웃었다.

어떻게 이겨 보겠다고 송정한에게 억울한 죄를 뒤집어씌워 보려 했지만 도리어 자신들이 역습당한 상황에 그들이 할 수 있는 건 그다지 많지 않았다.

"아, 그러고 보니 그 사건 범인이 밝혀졌다고 하더군요."

"뭐? 설마 방화 사건 말인가? 이제 와서?"

"네, 증거가 없는 게 아니라 그냥 수사를 하지 않은 거더군요."

예상대로 범인은 사망한 상태였다.

사람이 죽을 정도는 아니었지만 과거 방화 전력도 있었다.

검찰과 경찰은 기본적인 동종 범죄 용의자 수사조차 하지 않았던 것.

"마지막 방화 사건이 벌어지고 얼마 지나지 않아 추락사했답니다."

"추락사?"

"네. 공사장에서 일하던 중에 발판이 무너졌다고 하더군요. 아마도 비정상적인 스트레스 해소 방식이었나 봅니다."

실제로 방화의 대부분은 스트레스를 해소하기 위한 방법으로 이용된다. 불을 지배함으로써 자신의 욕구를 충족하는 거다.

"이렇게 쉽게 해결될 문제를 20년이나 끌었다니."

송정한은 질렸다는 듯 고개를 흔들었다.

"고칠 게 너무 많아서 어디부터 손대야 할지 모르겠군."

"그러니까 말입니다."

수십 년을 이 짓을 해 왔는데 여전히 고칠 게 많기에 노형진도 송정한도, 한숨이 나올 뿐이었다.

중국은 중국이네

  대한민국에 가장 많은 사람은 당연히 한국인이다. 한국은 단일민족 국가니까.

  그런데 이 단일민족 국가라는 것에 대해 국민들은 자랑스러워하지만 정치인들은 싫어한다.

  왜냐하면 국민들은 하나 됨의 핵심 가치로 보는 데 반해 정치인들은 싼 가격에 해외의 노예를 못 데려온다고 생각하기 때문이다.

  오죽하면 현직 정치인이 '한국인이 줄어들면 중국인을 데려오면 되는 거지, 뭔 문제가 있냐.'라고 말할 정도였다.

  하지만 그렇다고 해서 한국에 한국인 혈통만 있는 건 아니다. 그리고 한국인을 제외하고 가장 많은 인구수를 차지하는 건 다름 아닌 중국인이다.

그렇다면 과연 중국인은 한국의 법적인 보호를 받지 못할까?

아니다. 법적으로 보호받는다.

설혹 불법 입국자나 불법체류자라 해도, 그 처벌과는 별개로 그들의 인권은 보호 대상이다.

실제로 법에서 가장 먼저 배우는 것이 바로 천부인권이다.

인간이 가진 기본권은 하늘이 내린 권리라는 의미다.

"그렇기 때문에 우리도 때때로 중국인 사건을 하기는 하지만 말이지요."

노형진은 머리를 긁적거렸다.

"그런 중국인 실종 사건이라……. 이건 솔직히 좀 그렇지 않습니까?"

무태식은 곤혹스러운 듯 말했다.

그도 그럴 게 이번 사건은 원래 그에게 배당된 것이기 때문이다.

"그런데 이걸 실종이라고 해야 하나요?"

"일단 실종은 맞죠. 한국 정부와 경찰에서는 관심도 없는 사건이겠지만."

사건은 간단했다.

중국인이 사라졌다.

문제는 그가 현재 망명 신청을 하여 심사 중인 사람이라는 것.

"한국 경찰은 불법체류 할 목적으로 도주했다고 생각하는 모양이더라고요."

무태식은 질렸다는 듯 고개를 흔들었다.

"그러니까 변호사까지 사겠지만요."

"하긴, 다른 로펌이라면 이런 건 받아 주지 않을 테죠."

실종된 남자는 한국에 망명 신청을 하고 그 결과가 나오기를 기다리던 중이었다.

그런데 어느 순간 사라져서, 인권 단체에서 경찰에 그가 실종되었다고 신고했다.

그러나 경찰은 중국인이니 당연히 불법체류를 목적으로 도망갔다고 생각하고 아예 조사 자체를 하지 않고 있는 상황.

당연하게도 신고한 인권 단체는 항의했지만, 경찰은 들은 척도 하지 않는 상황이라고.

"경찰 입장에서야 말이 망명 신청이지 온갖 짓거리를 다 하는 사람들이니까요."

"맞습니다."

한 해에 한국에 망명 신청이나 난민 신청을 하는 이들의 숫자가 얼마나 많은지 사람들은 잘 모른다.

왜냐하면 그걸 잘 공개하지 않으니까.

그나마 진짜 전쟁 중인 나라에서 넘어오거나 국가에서 탄압당해서 오는 사람들이라면 이해라도 하는데, 그중 상당수가 중국에서 넘어왔는데 근로 비자가 나오지 않자 꼼수로 시간을 끌기 위해 신청하는 경우가 많다.

망명이나 난민 신청은 심사에 상당히 오랜 시간이 걸리기 때문이다.

결국 불허된다 해도 그중 상당수는 그 전에 내빼서 불법체류자가 되기도 한다.

"현실이 그러니 경찰이 수사를 안 하려는 게 딱히 이상한 일은 아니죠."

무태식이 곤혹스러워할 만도 하다.

'과연 이게 진짜 난민일까?'라는 의심은, 차별이나 혐오가 아니라 진짜로 워낙 가짜 난민이나 망명 신청이 많아서 벌어지는 일이다.

"물론 그렇다 해도 한국의 난민 인정 비율이 너무 낮다는 건 부정할 수 없지만 말입니다."

그나마 다행인 건 난민 인정 비율은 낮아도 인도적 체류는 어느 정도 인정해 준다는 거랄까?

"중요한 건 이 상황에서 이게 진짜 실종이냐는 건데."

"진짜 실종인 것 같기는 해요."

"제가 봐도 그렇구요. 경찰은 제대로 일할 생각이 있는 건지, 원."

무태식도 실종이라고 인정했고 노형진도 그럴 거라 생각할 수밖에 없는 게, 실종자가 의사이기 때문이다. 그것도 중국의 의사.

"코델09바이러스 방역과 관련해서 양심선언 했다가 납치

될 뻔했다고요?"

"네. 아슬아슬하게 탈출했다고 하더군요."

중국은 국가 차원에서 코델09바이러스와 관련된 모든 증거를 조작하고 있다.

사망자 숫자뿐만 아니라 감염자 숫자까지 모두.

그리고 중국의 의사인 리티엔은 그걸 양심선언을 해 버렸다.

살아 있는 환자를 그대로 소각로에 넣어 버리는 행동을 하는 중국 정부의 행동에 환멸을 느끼면서 말이다.

그럴 수밖에 없었다.

중국은 소위 말하는 제로 코델09 정책을 쓰면서 환자가 발생한 지역을 모조리 봉쇄했는데, 가난한 지역에는 제대로 된 지원도 하지 않아서 아사자가 속출했고 병을 치료하지 못해서 사람이 죽어 나갔다.

바로 그때 현지에 파견 나간 리티엔은 산모와 아이가 제로 코델09 정책으로 인해 제대로 된 케어도 받지 못해 집에서 굶어 죽은 채로 발견되었다는 사실을 알게 되었다.

당연히 큰 충격을 받고 양심선언을 하게 된 것이다.

한때 그런 소문이 있었지만 그와 관련된 증언은 없었는데, 그런 상황에서 리티엔이 한 양심선언은 세상에 큰 충격을 줬다.

문제는 양심선언을 한 뒤로 리티엔에게 정체 모를 놈들이 따라붙기 시작하더니 실제로 길거리 한복판에서 납치당할 뻔했다는 것.

겨우겨우 그들을 떨쳐 내고 간신히 살아남기는 했지만 그들의 정체가 너무나도 뻔하기에 리티엔은 한국에 망명을 시도했다.

가능하면 미국이나 유럽으로 가고 싶었지만 감시가 너무 심해서 그쪽으로 가기 위한 항공편 예약 자체가 불가능했던 터라, 그나마 한국으로 밀입국해서 신청한 것이다.

"그런데 도주할 리가 없죠."

누가 봐도 망명 사유가 너무나 명백했고, 아무리 중국의 눈치를 본다고 해도 이걸 무시할 정도로 한국이 융통성이 없는 나라는 아니었다.

의사라는, 미래가 보장된 직업을 버리고 양심선언을 한 사람이 과연 한국에 밀입국해서 돈 좀 벌어 보겠다고 도주할 이유가 없지 않은가?

"그런데 경찰에서는 그냥 다른 불법체류자처럼 취급하는 모양이더군요."

"그러겠죠. 경찰들이 일을 제대로 안 하는 게 한두 번도 아니고."

노형진은 혀를 끌끌 찼다.

"그래서 그 인권 단체에서는 뭐라고 합니까?"

"모르죠. 그쪽도 방법이 없으니까 경찰에 신고한 건데."

그러나 누가 봐도 경찰이 조사할 생각을 하지 않으니까 새론으로 온 것이다.

다른 로펌은 의뢰해 봐야 해 줄 수 있는 게 없지만, 새론은 최소한 전담 프로파일러도 있고 정보 팀도 운영하면서 사실상 탐정 역할도 할 수 있기 때문이다.

　"일단은 의뢰인을 만나 봐야겠네요."

　진짜 불법체류를 위해 도주했다는 증거가 있는 게 아닌 이상에야 중국인이라는 이유로 법적인 보호의 제공을 거부할 수는 없는 노릇.

　"일단은 사람을 찾아야 하니까요."

　만일 정말 도주한 거라면 그때는 잡아서 중국으로 추방하면 그만이다.

　"알아보도록 하죠."

　그렇게 노형진은 이번 사건을 담당하기로 결정했다.

⚖️

　"리티엔 씨가 도주할 리가 없습니다."

　인권 단체 소속인 주호원은 단호하게 말했다.

　"사실상 망명 신청이 거의 100% 통과될 상황이라 굳이 불법체류를 하겠다고 도주를 할 필요가 없었어요."

　"그게 무슨 말입니까?"

　"한국 정부와 어느 정도 교감이 있었다는 말입니다."

　한국 정부는 중국 정부의 눈치를 많이 본다.

어쩔 수 없다.

현실적으로 중국이 한국을 집어삼키고 싶어 하는 것과 별개로 경제적으로 많이 묶여 있는 게 사실이니까.

"리티엔 씨가 한 일은 누가 봐도 망명의 승인 대상이 될 수밖에 없었습니다."

"그래서요?"

"그래서 한국 정부와 어느 정도 협상을 했습니다."

당장 중국으로 가면 리티엔은 100% 죽는다.

하지만 리티엔을 보내지 않는다면 중국은 분명 한국에 보복할 거다.

"그래서 일단 난민 인정이 아니라 인도적 체류 승인을 받고 망명은 미국에서 하기로 했습니다."

"네? 저희한테는 그런 말씀 안 하셨잖습니까?"

무태식은 눈을 찡그렸다.

자신에게 이야기할 때는 그런 말은 하지 않았으니까.

"죄송합니다. 하지만 미 정보국에서 당분간은 비밀로 하라고 해서. 하지만 이번에는 이야기해도 된다고 하더군요."

미 정보국이라는 건 CIA를 뜻한다.

'내가 엮이니까 이야기해도 된다고 한 모양이네.'

어찌 되었건 노형진에게 이 정도 비밀에 접근할 권한은 있으니까.

"그래서 한국 정부와 어느 정도 교감도 이루어졌고, 상황이 대충 정리되면 미국으로 망명할 생각이었습니다."

"하긴, 미국이 어떻게든 중국에 타격을 주고 싶어 하는 상황이니까요."

미국과 중국의 사이는 회귀 전보다 훨씬 안 좋은 상황이다.

회귀 전에도 미국과 중국의 사이가 좋다고 볼 수는 없었지만 최소한 경제적 부분에 있어서 직접적인 대립은 없었다고 할 수 있다.

하지만 현재는 경제적 부분에서조차도 미국은 중국을 대신해서 인도를 키우는 방향으로 선회하여 극한의 대립이 벌어지고 있는 상황.

원래 인도와 미국은 이 정도로 사이가 좋지 않았지만 노형진이 만든 공장 지대의 효과가 생각보다 좋았다.

특히나 노동자의 교육 후 투입이라는 개념은 불량률과 사고율을 무척이나 낮추는 효과를 불러와서, 엄청난 숫자의 공장이 중국에서 인도로 넘어간 상황.

그래서 경제적으로 더욱 멀어진 미국은 회귀 전보다 중국을 더욱 가열하게 공격하고 있는 상황이었다.

"일단 미국으로 망명시킨 후에 미 의회에서 증언시킬 예정이라고 했습니다."

"미 의회에서요? 허."

미국의 의회에서 증언한다고 해서 실질적으로 뭔가 바뀔 수는 없다.

그 증언 하나로 미국이 중국과 전쟁을 할 수도 없는 노릇이고, 미국인에 대한 범죄도 아닌 중국 내 자국민에 대한 범죄이니까.

더군다나 미국이 중국에 범죄에 대한 법적인 책임을 물을 수도 없지 않은가?

그럼에도 불구하고 미국 의회에서 중국인에게 증언하라고 했다는 건, 하나의 쇼를 위해서다.

중국의 부당함과 미개함을 전 세계에 알리고 자신들의 공격을 정당화하는 쇼 말이다.

'그런데 효과가 의외로 상당하단 말이지.'

그래서 중국은 그러한 증언에 대해 거의 눈깔이 돌아갈 정도로 극렬하게 반응하는 편이다.

실제로 미국도 이 증언이라는 행위가 얼마나 강력한지 알기 때문에 거의 쓰지 않는다.

정치적으로 미국 의회에서 증인에게 증언을 시킨다는 것은 전쟁을 제외한 거의 모든 적대적 행위를 하겠다는 하나의 경고 수준이니까.

"미국이 작심한 모양이네요."

"지난번 사태 이후에 미 정부의 상황이 좀 많이 바뀌었죠."

노형진은 쓰게 미소 지었다.

여기서 말하는 지난번 사태란, 미국 정부에서 코렐09바이러스를 중국에서 미국에 퍼트린다는 의심을 했던 사태를 말한다.

'괜스레 미안해지네.'

그건 코델09바이러스가 퍼지는 걸 막기 위한 노형진의 음모론 중 하나였지만, 현재 미국인 대부분은 그걸 진실이라고 생각하며 사실상 중국이 미국에 생화학 테러를 했다고 믿고 있다.

그게 또 완전한 거짓말은 아닌 게, 암페타민의 무제한 공급을 중국이 하고 있는 것도 사실이기 때문이다.

결국 그 두 가지 사실이 합쳐지면서 미국 내 반중 정서가 엄청나게 강해진 상태라는 것.

"그런데 그런 분이 한국에서 왜 도주를 한 겁니까? 혹시나 그분이 거짓말을 할 만한 분이십니까?"

다른 이유로 망명하려고 했을 가능성을 완전히 버리지 못했던 노형진이 물었다.

당연하게도 주호원은 화를 냈다.

"어떻게 그런 말을 할 수 있습니까!"

"중국에 불만을 가진 것과 진실을 공개하는 건 전혀 다릅니다. 인권 단체 분이니까《요코 이야기》사건은 아실 텐데요?"

"그건…….."

"그게 한때는 진실인 줄 알았죠."

《요코 이야기》는 미국에서 출판된 소설이다.

'동양의 안네 프랑크 이야기'라고 홍보를 했고, 실제로 미국의 수많은 학교에서 필독서로 정할 만큼 유명한 책이었다.

심지어 어느 학교는 아예 교과서로 쓰기도 했을 정도다.

그 내용은 일본 패망 이후에 한국을 떠나 일본으로 돌아가는 가족들이 겪은 고난을 다룬 것이었다.

"그게 거짓말인 게 이제야 밝혀졌죠."

《요코 이야기》는 일본으로 돌아가는 일본인 소녀의 시점에서, 해방 이후의 한국인들을 일본인 가족을 강간하고 약탈하고 주변 사람들을 살인하는 악마이자 전쟁범죄자로 묘사한다.

그로 인해 수많은 사람들이, 독립 당시 한국 사람들이 한국을 떠나는 일본인들에게 실제로 그런 짓을 했다고 믿었다.

"하지만 현실은 아니었죠."

그러나 조사 결과, 그걸 쓴 요코가 완전히 거짓말을 한 것으로 드러났다.

지리도 시기도 완전히 틀렸다. 온갖 오류 범벅이었다.

결국 해당 서적은 추천 서적 목록에서도, 교과서에서도 퇴출되기 시작했다.

"일본 정부에서는 얼마 전까지만 해도 그 책을 다시 미국 교과서에 싣기 위해 막대한 로비를 하고 있었죠."

일본에서는 그 책을 미국의 교과서에 넣어서 한국에 거짓 범죄를 뒤집어씌우고 자신들이 피해자라고 주장하려고 노력해 왔다.

"그리고 저는 개인적으로 이런 의심이 듭니다. 리티엔이라는 분이 말뿐인 주장만 한다면 과연 미국 정부가 믿을까요?"

그 말에 주호원은 떨떠름한 얼굴이 되더니 고개를 끄덕거렸다.

"증거가 있습니다. 상당히 많죠."

"많다고요?"

"네."

영상 자료, 당에서 내려온 명령 그리고 이메일 등 리티엔은 증거가 될 만한 것은 모두 챙겨서 한국으로 탈출했다고.

"그리고 그걸 미 의회에서 공개할 예정이었습니다."

"그게 어디에 있는지 아십니까?"

"모릅니다."

"모른다고요?"

"믿을 수가 없었을 테지요. 솔직히 한국에 있는 중국인 스파이가 한둘도 아니고."

"그건 그렇죠."

실제로 리티엔이 숨어 있던 집에 일단의 세력이 문을 따고 들어온 적도 있었다고 한다.

다행히 당시 리티엔은 집에 없어서 무사했지만, 집 안은 거의 박살 나다시피 뒤져졌다는 것.

"경찰은 단순 도둑이라고 생각하더군요."

"단순 도둑이라……. 그 당시 뭐 증거나 기록 있습니까?"

"그 당시에 찍어 둔 사진이 있습니다."

"볼 수 있을까요?"

핸드폰을 받아서 살펴본 노형진은 혀를 내둘렀다.

"단순히 도둑은 아닌데?"

"어떻게 아십니까?"

"간단합니다. 도둑은 이런 식으로 막 뒤지지 않거든요."

도둑은 일단 귀금속이 있는 곳부터 차근차근 뒤진다.

예를 들어 서랍 맨 아래라든가 아니면 금고가 있을 만한 곳이라든가 하는 곳부터 말이다.

"하지만 이 흔적을 보면 그냥 닥치는 대로 열어 재낀 겁니다. 그리고 문짝 같은 게 박살 난 게 보이죠?"

"네."

"도둑은 그렇게 안 엽니다."

왜냐하면 그러다가 소리가 커지면 주변에서 사람들이 몰려올 수 있기 때문이다.

안쪽을 뒤지려면 조심해서 열어 그 안의 물건들을 꺼내는 방식을 쓴다.

"예를 들어 서랍을 열 때도 마찬가지죠."

서랍을 열 때는 아래부터 천천히 올라오는 방식이 일반적이다.

왜냐하면 일단 사람들은 뭔가를 숨길 때 아래쪽에 숨기려 하는 버릇이 있는 데다가, 위에서부터 열면 아래를 열 때는 그걸 다시 밀어넣어야 하기 때문이다.

"하지만 이건 그냥 꺼내서 내동댕이친 겁니다."

도둑은 절대로 이런 식으로 움직이지 않는다.

'하여간 경찰이라는 새끼들이.'

보아하니 경찰은 그냥 빈집 털이범이라고 생각해서 대충 수사를 한 모양이다.

사실 이런 빈집 털이범을 잡는 건 쉬운 일이 아니니까.

"피해도 없었죠?"

"어떻게 아신 겁니까?"

"뻔하죠. 망명 신청하는 사람에게 돈 될 만한 게 어디 있겠습니까?"

그마저도 다급하게 도망쳐 온 사람이다. 그런 사람에게 돈이 될 만한 게 있었을 리가 없다.

"그러니 경찰에서는 피해는 없다고 이야기했을 테고요."

그리고 그런 경우라면 경찰은 그냥 가뿐하게 대충 수사를 뭉개는 방향으로 시간만 때웠을 가능성이 아주 높아진다.

"한국은 범죄 자체가 아니라 피해에 따라 형량이 커지거든요."

결국 피해가 없으면 처벌도 낮아지고 그러면 인사고과도 낮아진다.

그런 사건에 경찰이 관심을 가질 리가 없다.

"그런데 이거 보니까 노린 게 작은 물건은 아닌 것 같네요."

이렇게 집 안을 박살 내듯이 뒤질 정도라면 단순한 도둑질이 아니라 뭔가를 찾아내려는 게 목적이었다고 생각해야 한다.

"설마?"

"아마도 중국에서 보낸 놈들이겠지요."

증거가 될 만한 자료들을 어떻게 해서든 찾아내기 위해 빈집을 털었던 걸지도 모른다.

"그러면 이 일 이후에는 어디에 있었습니까?"

"일단 호텔에서 숙식을 해결하고 있었습니다."

"호텔에요?"

그 말에 노형진은 미심쩍은 얼굴로 주호원을 바라보았다.

그의 시선을 알아차린 건지 주호원이 어색하게 말했다.

"아, 저희가 돈이 넘치는 건 아니고요. 안전을 위해 CIA에서 자금을 일부 지원해 줬습니다."

"무슨 뜻인지 알겠습니다."

사진 속에 있는 숙소는 원룸이다. 이런 원룸에 보안을 기대하기는 힘드니까.

'하지만 보안이 제공될 정도의 호텔은 가격이 제법 비쌀 테니까.'

그럼에도 불구하고 그걸 내줬다는 것은, 미국도 확실하게 리티엔을 데려갈 의사가 있었다는 거다.

"그런데 어쩌다 실종된 겁니까?"

"그걸 모르겠습니다."

호텔 측에서 말하기로는 리티엔이 다급하게 밖으로 나갔

고, 돌아오지 않았다고.

"그리고 그 후에 바뀐 건 없습니까?"

"네."

"흠."

노형진은 턱을 문질렀다.

"그 호텔에 있던 물건들은요?"

"저희가 보관 중입니다."

"그거 볼 수 있을까요?"

노형진의 말에 주호원은 고개를 끄덕거렸고, 잠시 후 트렁크 하나를 가지고 왔다.

"이게 답니까?"

"네. 망명하러 온 사람이니 많이 챙겨 올 수가 없었겠죠."

물론 집에는 이것저것 생활용품이 있었지만 그걸 호텔로 가져갈 이유는 없으니까.

"옷과 양말, 속옷 정도인가?"

"네."

"이걸 보면 역시 도망간 건 아니네요."

만일 경찰의 말대로 도망간 거라면 당연히 이런 물건들을 가지고 갔어야 한다.

당장 갈아입을 옷은 필요한 법이니까.

"혹시 나갈 때 영상은요?"

"제가 가지고 있습니다."

다행히 핸드폰에 저장해 둔 게 있기에 그걸 확인하는 건 어렵지 않았다.

"급해 보이네요."

다급하게 방을 나선 리티엔은 서둘러서 엘리베이터를 타고 밖으로 나갔다.

그리고 그대로 건물 밖으로 나간 뒤…….

"협박당했군요."

노형진은 마지막 장면을 보면서 확신했다.

"네? 그걸 어떻게?"

"보세요. 나오자마자 그는 뜁니다."

"그렇죠?"

무태식은 똑같이 영상을 보고도 이상함을 느끼지 못하는 모양이었다.

하긴 이런 사건은 맡아 본 적이 없을 테니까.

하지만 노형진은 화면에서 이상한 점을 바로 발견했다.

"보다시피 호텔 앞에는 택시가 있습니다."

실제로 호텔 앞에서는 택시들이 손님들을 기다리며 대기하고 있었다.

특히 이런 고급 호텔은 돈 있는 관광객들이 많이 이용하기 때문에 손님만 제대로 물면 많은 돈을 벌 수 있다.

관광지가 서울에서 상당히 먼 곳에 있는 경우도 많기 때문이다.

"그런데 달려가는 걸 보면 아시겠지만, 택시에 관심이 없어요."

리티엔은 택시 승강장 앞에서 멈추지도, 시선을 주지도 않고 그대로 내달려서 호텔 정문 밖으로 나가 버린다.

"승강장에 대기하고 있던 택시가 꽤 여러 대인데도 말입니다."

"그러네요."

그걸 알아채지 못했던 무태식은 아차 싶었다.

"급한 사람은 택시를 타죠. 그런데 택시를 타지 않았다는 것은, 외부에서 다른 누군가 그를 기다리고 있었다는 의미입니다."

노형진은 쓰게 웃었다.

"누군가가 만나자고 불렀다면 택시를 타고 갔을 겁니다."

그러지 않았다는 것은 부른 사람이 밖으로 나오라고 호출했다는 뜻.

"그 사람이 정당한 목적을 가지고 있었다면 호텔 안으로 들어왔겠지요."

하지만 그 사람은 호텔로 들어오는 대신 밖에서 기다렸다.

"존재를 감춰야 하는 자라는 의미입니다."

"설마……."

"제 생각에는 중국 말고는 딱히 그럴 만한 사람이 없어 보입니다만."

노형진은 안타까운 어조로 말했다.

"아무래도 제대로 찾아보려면 시간이 좀 걸리겠는데요."

이제 할 수 있는 건 최대한 빨리 그를 찾으며, 리티엔이 살아 있기를 기도하는 것뿐이었다.

"뭐랍니까?"

노형진은 사무실로 들어오는 무태식을 보면서 물었다.

무태식은 질린 표정으로 고개를 흔들었다.

"뭐, 답이 없어요. 변호사가 수사 기법을 어떻게 아냐고, 택시 타고 다니는 건 자기 마음 아니냐고 그러대요."

"그래서, 수사는 한답니까?"

"말로는 수사한다는데, 아시잖아요."

"하긴, 그렇겠죠."

이런 식으로 말하는 경찰이 본격적으로 수사할 가능성은 거의 없다.

설사 이게 진짜로 심각한 사건이라 해도 말이다.

'아니지. 도리어 그러니까 더더욱 수사를 하지 않을 가능성이 크기는 하지.'

원래 경찰이나 검찰은 정치적 판단을 해서는 안 된다.

죄는 죄고 벌은 벌이다.

그 사람이 죄를 저질렀으면 정치적 입지와는 상관없이 처벌을 해야 한다.

하지만 판사, 검사, 경찰에 심지어 일개 지역 파출소 근무자까지 정치적 판단을 하는 게 버릇이 되어 있다.

어쩔 수가 없다. 정치적 판단을 안 하면 위에서 보복을 하니까.

대놓고 말은 안 하지만 쓸데없이 일을 키웠다고 징계를 먹여 버리는 일이 많다 보니 경찰 입장에서는 정치적 판단을 하지 않을 수가 없다.

"그리고 솔직히 정치적으로 보면 리티엔이 사라지는 게 여러모로 편하기는 하죠."

한국은 중국 눈치를 안 봐도 되고, 중국은 자기들을 추적해 오지 않으니 속이 편하다.

미국이야 중국에 한 방 먹이지 못해서 아쉽기는 하겠지만 그걸로 한국 정부에 보복할 가능성은 높지 않다.

왜냐하면 미국 정부는 이번 실종 사건의 배후에 중국이 있다는 걸 이미 예상하고 있을 테니까.

"그렇다고 이대로 사건을 덮을 수도 없고."

무태식은 갑갑한 듯 말했다.

"당연히 안 되죠. 이번에는 중국인이지만 다음에는 한국인이 될지 누가 압니까?"

농담이 아니다.

실종이 쉽게 이루어지는데 한국에서 수사하지 않는다는

게 드러나면, 중국 정부가 자기들의 마음에 들지 않는 발언을 하는 한국 내의 사람들에게 어떤 위해를 끼칠지 모를 일이다.

"실제로 반중국 정서를 가진 사람에게 인터넷에서 공격이 들어오는 건 너무 흔해서 이슈도 안 되지 않습니까?"

"그런 게 이번 사건과 상관이 있나요?"

"당연히 있지요. 중국에는 황금 방패가 있지 않습니까?"

"황금 방패?"

"네. 한국에서 악플을 다는 중국인들은 넘쳐 나죠."

실제로 어떤 한국 연예인이 김치는 당연히 한국 거라는 소리를 한 적이 있다.

그 이후 그가 나오는 모든 뉴스의 댓글난이 중국 악플로 도배되었다.

"그런데 말입니다. 웃기게도 중국에서는 한국 사이트들이 차단 대상이라는 겁니다."

실제로 중국에서는 한국의 주요 사이트에 접속이 안 된다.

"하지만 VPN이 있잖습니까?"

실제로 그걸 통해 접속하는 사람들이 적지 않다.

아니, 중국에서 한국 사이트에 접속하려면 VPN이 필수라고 인식될 정도다.

"그렇지요. 그런데 왜 그렇게 한국어를 잘할까요?"

"어?"

"이상하지 않습니까? 상식적으로 생각해 보세요. 중국에서 욕을 다는데, 한글이에요."

그것도 아주 능숙하게 한글로 욕을 한다.

"그걸 분석하는 정치학자들은 온갖 이론을 말합니다, 애국 세대니 홍위병 세대니. 하지만 정작 그놈들이 한국어로 욕한다는 사실에는 신경도 안 써요."

중국에서는 접근도 못 하는 곳에 접근하고, 유창한 한국어로 욕을 쓴다?

"말도 안 되죠."

"그러면?"

"네, 맞습니다. 기본적으로 죄다 한국에서 활동하는 중국계 정보 조직입니다."

그놈들이야 황금 방패인지 도금 방패인지에서 자유로울 테고, 한국을 대상으로 영업하는 놈들이니까 당연히 한국어를 잘할 거다.

"하지만 한국에서 활동하는 중국인들이 한둘이 아니지 않습니까? 그들이 할 가능성은 없나요?"

"없죠. 해도 일부일 테고요."

상식적으로 그들은 돈을 벌기 위해 한국에 왔다.

그런데 핸드폰으로 연예인 찾아다니면서 인터넷에 악플이나 다는 사람들이 얼마나 되겠는가?

"더군다나 상식적으로 생각해 보세요. 그 사람들은 한국에 와서 신문물을 접했을 거예요. 당연히 그게 훨씬 재미있을 텐데 왜 중국 정부를 찬양하고 자빠졌겠습니까?"

"그것도 그러네요."

인터넷만 켜도 볼만한 것, 재미있는 것이 넘치는 게 대한민국이다.

군대만 봐도 그렇다.

군대에서는 국방TV를 만들어서 매일같이 '군대 만세!'라고 외치고 있지만 정작 병사들 중에는 그걸 보는 사람이 거의 없다.

그걸 볼 시간에 예능이나 가요 프로를 보려고 하는 게 일반적이다.

오죽하면 국방TV의 시청률이 군대보다 사회가 더 높을까.

"중국에서 마음에 안 든다고 콕 집는다는 오더가 떨어진다고 해서, 다른 놀 거리도 많은데 굳이 그런 사람들을 쫓아다니면서 욕한다고요? 그럴 리가요."

중국이 그런 식으로 한 나라의 정치에 개입하려 한 건 역사적으로 오래된 일이고, 특히나 한국은 사실상 그들의 속국이라고 생각하는 성향이 강하다.

"그러니까 자기 마음대로 컨트롤하려고 하겠지요."

"음……."

"그런 중국이 한국인에게 손대지 말라는 법은 없습니다."

인터넷에서야 조용히 티 나지 않게 움직이고 있지만 반중국 정서를 가진 사회 유력 인사에 대한 암살 같은 건 사실 흔하게 할 수 있는 일이다.

"누차 말씀드리지만 중국이 말하는 전랑 외교라는 건 결국 제국주의 외교일 뿐입니다."

그리고 제국주의 외교에서 자기에게 반기를 드는, 또는 자국과 사이가 안 좋은 정치인에 대한 암살은 딱히 특별한 일도 아니다.

"더군다나 이런 행동을 하려면 한 가지 전제가 필요하죠."

"한 가지 전제?"

"한국 내에 중국인 스파이 조직이 있어야 한다는 것."

"끄응, 그렇군요."

미국 내에서도 그 정도 규모의 스파이 조직이 발각되었는데 설마 한국에 스파이 조직이 없을까?

그럴 리가 없다.

당연히 스파이 조직이 있고, 그들은 한국을 집어삼키기 위해 지금도 암약하고 있다.

"더군다나 지금 행동만 보면 이들은 명백하게 한 가지 목적을 가지고 움직이고 있습니다."

"리티엔 말이군요."

"네."

그들은 리티엔, 정확하게는 그가 가진 증거를 노리고 있다.

그가 가진 증거가 뭔지 모르지만 생각보다 중요하다는 뜻이다.

"이미 죽이지 않았을까요?"

"아직은 아닐 겁니다."

그게 뭔지는 모르지만 중국은 그걸 간절하게 찾고 있다.

그리고 그게 어디에 있는지 아직 못 찾은 상황이라면 리티엔을 죽이지도 못했을 거다.

"중요한 건 리티엔이 어디에 있느냐는 건데."

"국정원은 도대체 뭘 한답니까?"

"아직 혼란스러운 상황이니까요."

사실상 국정원의 해외 스파이 제압 능력은 와해된 지 오래다.

조직의 역량을 특정 정당을 위해 사용하고 국내 감시에, 그것도 특정 정당의 반대 입장에 있는 민간인의 사찰에 동원하다 보니 제대로 된 외국 스파이 감시 능력을 상실한 상태.

결국 참다못한 현 정권이 국정원에 해외 감시를 맡기고 반대로 국내는 별도의 부서를 만들어서 컨트롤하기로 했기에 무척이나 혼란스러운 상황.

"무태식 변호사님도 아시지 않습니까? 이런 상황에서 국정원 같은 새끼들이 업무 공조할 새끼들입니까?"

"하긴, 그건 그러네요."

노형진이 아는 국정원이라면 국내에 신설되는 부서에 조사 방법이나 경험을 공유하지 않고 입 닥치고 있을 가능성이 크다.

이것이 법이다

그래야 그들 몰래 국내를 사찰하든가 아니면 조사 기법 전수를 핑계 삼아 뭐라도 뜯어낼 수 있기 때문이다.

"국정원의 외부 정보 조직 시스템부터가 개판인데 내부 감시가 제대로 되겠습니까?"

'당장 공자 학원만 해도 스파이 이야기가 나온 게 벌써 몇 년 전인데.'

실제로 현재 미국과 유럽에서는 중국에서 개설한 공자 학원에 대한 감시 및 조사가 이루어졌고, 일부 지역에서는 공자 학원 자체가 퇴출되기도 했다.

하지만 오로지 한국에서만 공자 학원을 친선의 핵심 운운하면서 손도 안 대고 있다.

'그러고 보니⋯⋯?'

문득 노형진의 머릿속에 스치는 생각이 있었다.

'이 시기였나? 아니, 좀 더 지나서였나?'

중국에서 전 세계에 비밀경찰, 즉 스파이 조직을 몰래 설치하고 운영하던 게 드러난 적이 있었다.

지역 중국인 협조가 목표라고 말하긴 했지만 그건 대사관에서 하는 거지 불법적으로 만들어진 조직에서 할 일이 아니다.

'결정적으로 그들에 의해 중국 송환이 강제로 이루어졌다고 했던가?'

미국에서만 그 조직을 통해 매년 1만 5천 명 이상의 사람들의 강제송환이 이루어졌다고 했었다.

'그래, 기억나.'

그래서 미국이 발칵 뒤집어졌었다.

한국도 그 일 때문에 잠깐 시끄러웠지만 결국 중국의 눈치를 보는 언론 때문에 쉬쉬하면서 넘어갔다.

'이름이 뭐였더라?'

기억은 안 난다. 하지만 확실하게 기억나는 건 있다.

"더럽게 맛없다고 했었지."

"네?"

"아뇨. 그…… 짜장면 좋아하십니까?"

난데없는 노형진의 말에 무태식은 어리둥절할 수밖에 없었다.

"같이 짜장면이나 드시죠."

⚖

"살다 살다 군대 짜장면보다 맛없는 곳은 또 처음 봅니다."

그것이 무태식의 솔직한 의견이었다.

"군대 짜장면이 짜장면입니까? 그냥 시큼한 식초 물이지."

실제로 군대 짜장면은 시큼한 맛이 강하다.

그걸 짜장면이라고 주장하는 자는 그냥 국자로 두들겨 맞아도 할 말이 없을 정도다.

"시중에서 파는 레토르트 짜장을 데워서 사리 면에다가 부어 먹어도 이것보다는 맛있겠습니다, 진짜로."

무태식은 어이가 없었다.

"진심으로 공감합니다."

면은 퉁퉁 불다 못해 수저로 떠먹어야 할 정도였고, 짜장 소스는 진짜 3분 짜장만도 못했으며, 단무지는 얼마나 오래 되었는지 쩐 냄새가 났고, 김치는 시어서 꼬부라져서 입도 대지 못할 정도였다.

세트로 시켜서 나온 탕수육은 한 번 튀겼다가 식은 걸 다시 튀긴 게 아니라 전자레인지에 돌렸는지 미끄덩거리고 질기기 그지없었다.

"아니, 이렇게 큰 가게가 무슨 맛이 이따위랍니까?"

서울 한복판에 자리 잡은 중화제일각.

4층짜리 건물을 통째로 쓰는 가게였지만 그 맛은 규모에 반비례했다.

"용케 안 망했네요. 노 변호사님이 짜장면 먹으러 가자고 해서 진짜 맛있는 걸 사 주시는 줄 알았더니만."

무려 서울 한복판에 무려 4층짜리 중국집이다.

이쯤 되면 맛없는 게 도리어 신기한 거다.

"아뇨. 이 맛없는 짜장면이 목적이었습니다."

"네? 어째서요?"

"자세히 보세요. 여기 중화제일각, 화려하죠?"

"네."

"듣기로는 중국인 화교들이 하는 곳이라고 하더군요."

"뭐, 그래 보이네요."

중화제일각 내부는 화려하기 그지없었다.

그런데 음식은 개판이다.

"짜장면도 맛이 없고 탕수육도 맛이 없죠."

"인정합니다."

"누가 인터넷에서 그러더군요. 이 가게는 진짜 맛없다. 아마 이 집은 음식점 운영이 목적이 아닐 거다."

"당연하죠. 이딴 식이면 안 망하는 게 이상……."

말을 하던 무태식은 순간 흠칫하면서 목소리를 낮췄다.

"설마 진짜로 안 망하는 게 이상했던 겁니까?"

"네, 이 정도면 진짜로 망하지 않는 게 이상한 겁니다. 더군다나 지금 시간을 보세요. 오후 6시 50분입니다. 한창 배달을 하러 다닐 시간이죠."

한국에서 중국집 매출의 대부분은 배달로 나온다.

그런데 배달부도 없고 조리되어 나오는 음식도 없다.

주방이 보이는 위치에 자리 잡고 있었기에 지금까지 주방에서 나오는 음식이 없었다는 건 확신할 수 있었다.

"거기다가 직원들도, 보세요."

손님들이 없는 건 아니었다.

대부분 음식에 대해 불만이 가득한 얼굴이었지만 노형진 일행을 비롯해서 드문드문 손님들이 있었다.

그럼에도 불구하고 직원들은 의자에 앉아서 핸드폰을 보거나 아예 볼륨을 키워서 중국 방송을 보고 있었다.

"뭔가 이상하지 않습니까?"

"그렇군요. 보통 저런 식으로는 행동하지 않죠."

그렇다고 손님들이 없어서 장사가 안되니까 직원들이 혼나고 있어야 한다는 뜻은 아니지만 말이다.

그래도 직원들은 최소한 사람들의 시선을 피해서 쉴 곳을 찾는다.

"더군다나 이곳은 총 4층짜리 중국집입니다."

한창 저녁 장사를 해야 할 시간에 4층 중 1개 층 테이블도 채우지 못하는 상황인데 다른 층이라고 손님이 있을까?

아마 그곳들은 텅텅 비었을 거다.

"당연히 정말로 쉬고 싶다면 그곳에서 쉬면 됩니다."

그런데 그런 것에 신경조차 쓰지 않고 자기들 편한 대로 쉬고 있는 수많은 직원들.

"이건 예의의 문제죠."

요즘 직원에게 갑질을 하는 사람들이 많아서 문제가 된다지만 직원에게는 직원으로서 해야 할 일이 있다.

영업하는 식당에서 손님들이 저녁을 먹고 있는데 직원들이 귀가 아플 정도로 볼륨을 올려놓고 중국 방송을 보는 건 말이 안 된다.

그것 때문에 그 TV 근처에 있던 가족들은 아예 대화가 안 되는 건지 결국 반도 먹지 못하고 일어나서 나가 버렸다.

"더 웃긴 건 말입니다, 이 지랄인데도 누구도 나오지 않는다는 거죠. 무태식 변호사님이 만약 여기 주인이라면 어떻게 하겠습니까?"

"당연히 나와서 온갖 지랄을 하겠죠."

정신이 나갔느냐는 핀잔 정도로 끝나면 다행이다. 100% 잘라 버릴 거다.

"왜 저러는지 이해가 가십니까, 그럼?"

"잘릴 리가 없다 이겁니까?"

"네. 그렇게 되면 보통 저런 행동을 하게 되더라고요."

잘리거나 불이익을 당할 가능성이 없으면 자기 마음대로 행동하는 게 인간이다.

하지만 무슨 대기업도 아니고 고작 식당에서 종신 재직 같은 일이 있을 리가 없다.

애초에 이런 식당이라면 내일 망해도 이상할 게 없다.

"더군다나 실내디자인을 보세요."

일반적으로 중국집의 실내디자인은 뻔하다.

중국집이니 당연히 중국식으로 디자인한다.

하지만 그렇다고 내부를 온통 중국에 대한 찬양으로 꾸미지는 않는다.

벽에 걸린 오성홍기, 여기저기 있는 중국 찬양 팸플릿, 심지어 중국 인민 해방군으로 보이는 군대의 훈련 사진까지.

"중국뽕도 이 정도면 선을 넘는 거죠."

화교가 하는 중국집인 만큼 그가 중국뽕에 가득 차 있을 수는 있다.

하지만 아무리 그래도 그걸 손님들이 들어오는 입구에 바로 보이도록 비치하지는 않는다.

더군다나 여기는 한국이고, 한국에는 반중 정서를 가진 사람이 많다. 당연히 그런 것에 거부감을 가지는 사람도 많다.

일식집 중에 일장기나 욱일기를 걸어 두는 가게가 있을 수는 있다.

일본에서 욱일기에는 풍어의 의미도 같이 있다고 주장하고, 일식집 대부분은 초밥 같은 수산물을 같이 파니까.

"하지만 일본 자위대 훈련 사진을 걸어 둔 곳, 본 적 있습니까?"

"없죠. 전혀 없죠."

그런데 인민 해방군의 훈련 사진을 걸어 둔다?

"이상하지 않습니까? 어떻게 이런 곳이 영업이 가능한 걸까요?"

더군다나 지금은 금요일 오후 6시 50분.

식당이 가장 잘되어야 할 피크 시간에 손님이 이렇게나 없다.

"오면서 등기를 떼어 봤습니다. 여기 건물주는 한국인이더군요."

"네?"

"이 중화제일각의 주인은 중국인이고요."

"이런 식으로 여기가 영업이 된다고요?"

이 정도 되는 4층짜리 건물이라면 한 달 임대료만 못해도 2천만 원 이상 나올 거다.

서울 한복판이라는 점을 감안하면 더 나올 가능성이 크다.

"직원 인건비에 재료비와 운영비를 생각하면 매달 5천에서 6천이 마이너스될 것은 예상해야 합니다. 더 웃긴 건, 이 중화제일각이 생긴 지 무려 13년이나 되었다는 겁니다."

"13년요? 이 맛으로요?"

"네. 웃기지 않습니까?"

"말도 안 되죠!"

이 정도면 13년은커녕 13개월도 버티기 힘들 거다.

"더군다나 가장 이상한 게 뭔지 아십니까?"

"뭔데요?"

"벽에 보세요."

주변을 스윽 둘러보는 무태식.

그러나 그는 이상한 것을 찾을 수가 없었다.

"뭐가 이상한지 모르겠습니다만?"

"벽의 사인들 말입니다."

"식당 가면 그런 건 많지 않습니까? 연예인들도 먹고살아야지요."

"연예인 사인은 거의 없습니다. 아니, 아예 없어요. 그런데 다른 사인들은 많죠."

"그러고 보니……?"

노형진의 말에 천천히 사인들을 살펴보는 무태식.

이 사인이라는 건 생각보다 많이 쓰는 홍보 전략이다.

왜냐하면 여유로운 사람들은 자연스럽게 맛있는 식당을 찾아가기 때문이다.

그래서 보통 맛집이라는 곳에 가게 되면 연예인 사인이 한두 개는 있기 마련이다.

"정말 연예인 사인이 아니네요?"

몇 개의 사인이 붙어 있어서 당연히 연예인 사인이라 생각했던 무태식이다.

그런데 아무리 봐도 벽에 붙어 있는 건 연예인 사인이 아니었다.

"이거, 국회의원 사인 아닙니까?"

"그렇지요?"

국회의원이 사인해 줬다는 게 특이하다고 생각한 무태식은 그걸 뚫어져라 바라보았다.

왜냐하면 국회의원은 딱히 식당에 사인을 해 주지 않기 때문이다.

일단 그들은 자기들이 워낙 잘났다고 생각하는 놈들이라 거들먹거리면서 다니기에 이런 부탁을 잘 들어주지 않는다.

물론 개인적인 친분이 있거나 그 식당 주인이 사회적으로 영향력이 있으면 해 주는 경우도 있지만, 이렇게 다수의 국회의원들이 사인을 해서 벽에 붙일 수 있게 해 주는 곳은 없다.

"더군다나 보면 국회의원 숫자가 한둘이 아니죠."

실제로 국회의원 사인은 진짜 맛집이라고 해도 한두 개도 보기 힘든데, 이 가게 벽에 걸린 국회의원 사인은 족히 수십 개다. 그리고 그 흔한 연예인의 사인은 찾아볼 수가 없다.

"흠, 특이하기는 하네요."

"특이한 게 아니라 이상한 겁니다."

"어째서요?"

"간단한 거죠. 식당 예약을 국회의원이 합니까, 아니면 비서관이 합니까?"

"당연히 비서관이 하죠."

물론 국회의원이 특정 식당에서 먹고 싶어서 '오늘은 거기로 예약해라.'라고 지시할 수는 있지만 그게 아닌 경우라면 거의 대부분 식당 예약은 비서관이 한다.

"그런데 여기는 또 국회의사당에서 엄청 멀거든요."

직선거리로는 별로 멀지 않지만 강을 가로질러야 하는 데다가 상습 정체 구간을 거쳐서 와야 하기 때문에 보통 한 시간 이상 걸린다고 봐야 하는 위치다.

"그런데 그렇게 고생해서 찾아왔는데 음식이 맛없으면 비서관이 무슨 꼴을 당하겠습니까?"

"아!"

아마 조인트를 까이거나 욕을 바가지로 먹을 거다.

국회의원이란 작자들이 얼마나 비싼 것만 처먹는지는, 아는 사람은 안다.

어느 정도냐면 대한민국에서 가난한 사람들의 하루 생계 지원비가 3만 원이라는 말에 그 돈이면 황제처럼 먹고살 수 있다고 했던 놈들이, 나중에 국회의원의 한 끼 식비를 5만 원 이하로 내려야 한다는 말에 우리가 거지새끼냐며 그 돈으로 뭘 먹느냐고 길길이 날뛸 정도로 입이 고급인 놈들이다.

"그런 놈들을 짜장라면만도 못한 음식을 내놓는 이런 식당에 데려오면 비서관은 아마 바로 해고당할 겁니다."

"설마? 그럼?"

"네, 맞습니다. 여기는 국회의원이 직접 고른 겁니다."

그러지 않고서야 여기 올 이유가 없다.

"더군다나 사인을 부탁할 수 있는 건 주인뿐이죠."

주인도 아닌 알바생이나 직원이 굳이 눈총을 받아 가면서 국회의원에게 사인을 부탁할 이유는 없다.

연예인이라면 팬 서비스 차원에서라도 해 줄 수 있겠지만 국회의원은 그런 거에 신경도 쓰지 않으니까.

"국회의원과 여기 중국집 주인이 친밀한 관계인 거라고 봐야겠군요."

무태식이 벽에 붙어 있는 사인에서 시선을 돌려 노형진을 바라보며 낮은 목소리로 말했다.

"맞습니다. 아마도 그럴 가능성이 아주 높을 겁니다."

"주인이 돈이 많아서 정치자금을 많이 내놓는 걸까요?"

"그건 아닐 겁니다. 보다시피 저 사인들이 여야를 가리지 않거든요."

일반적으로 사람은 개인의 정치 성향에 따라 정치자금을 주기 마련이다. 그런데 무슨 국가와 관련된 주요 사업을 하는 것도 아닌데 여야 가리지 않고 돈을 주는 건 미친 짓이다.

"아시겠지만 그럴 때는 도리어 양쪽 다 주지 않는 게 훨씬 낫거든요."

왜냐하면 한쪽에 정치자금을 1억 줬는데 다른 쪽에는 1억 2천을 주면 1억 받은 쪽에서 공격해 들어오기 때문이다.

"4층짜리 건물을 통째로 쓴다는 점에서 나름 돈이 없는 건 아닌 것 같지만 현실적으로 그 정도 자금력으로 굳이 자신의 존재를 정치권에 어필할 이유는 없죠."

아차 해서 눈 밖에 나면 망하는 건 순식간이니까.

고작 4층짜리 식당 하나 한다고 정치권과 선을 만들고 정치 후원금을 주는 건 위험하다 못해 미친 짓이다.

"더군다나 사인의 숫자로 봐서는 정치자금을 준 사람이 한둘이 아닌 것 같단 말이죠."

그런 것도 받지 않은 사람이 굳이 이렇게 맛없는 식당에 찾아와서 사인까지 해 주는 건 말이 안 되니까.

"으음……."

노형진의 말이 계속될수록 무태식의 얼굴이 굳어졌다.

"마지막으로 여기 가게 주인 말입니다."

"네."

"청영엔터테인먼트의 사외 이사더군요."

"청영엔터테인먼트?"

낯익은 이름에 무태식은 고개를 갸웃했다.

새론에서 엔터테인먼트조합의 업무를 하고 있기에 엔터 업계 관련 일을 종종 맡기는 한다. 하지만 그가 아는 한 엔터 테인먼트조합에 속한 기업은 아니다.

그런 곳은 진짜 아주 작은 곳이 아니고서야 어지간하면 알고 있으니까.

"청영이라고 하시면……?"

"얼마 전에 말이 많았던 드라마 있지 않습니까? 중국 원전 인데 한국 드라마로 각색해서 만들었던 드라마."

"아, 그 〈조선 음양사〉인가 하는 그거요?"

"네."

무태식도 아는 작품이었다.

그도 그럴 게 처음부터 끝까지 개판이었으니까.

일단 〈조선 음양사〉라는 제목 자체가 문제다. 조선에는 음양사가 없었으니까.

원작은 중국 작품, 그리고 음양사는 일본 문화인데 정작 제작은 한국에서 한 괴랄한 작품이었다.

그래도 제대로 만든 작품이라면 국가 간의 퓨전이니 뭐니 하고 실드라도 쳐 주겠는데 작품 자체가 쓰레기였다.

《삼국사기》는 그냥 지라시만도 못한 상상의 산물이라든가 김치는 김치가 아니라 파오차이라고 주장한다든가 피자는 원래 중국의 음식이라든가 등등.

한국에서 만들었지만 오로지 중국만 찬양하는 작품이었고, 실제로 그건 한국에서 고작 3회 만에 드라마가 방영 중지되는 최악의 작품이 되었다.

"제가 그런 말 한 적 있지 않습니까? 중국 자본이 한국에서 드라마를 만드는 이유는, 드라마라는 작품을 이용해서 한국 역사를 부정하고 한국인의 입을 빌려서 중국을 찬양하게 하고 싶어서라고."

"설마?"

"맞습니다. 그 제작사가 바로 청영입니다."

"어쩐지 귀에 익더라니!"

물론 그 청영이라는 곳은 그 후에도 몇몇 작품들을 만들기는 했다.

"하지만 그 작품들은 대부분 한국에서 서비스를 하지 않죠."

OTT 전용으로 제작되어서 현재 전 세계에 서비스 중이다.

그리고 그 작품들의 공통점은 한국 배우들을 이용해서 한국의 역사를 부정하고 한국이 중국의 속국인 것처럼 홍보한다는 것.

이것이 힘이다

말로는 가상의 어쩌고 하지만 사실은 그게 중국 정부의 본심인 셈이다.

"재미있지 않습니까?"

엔터테인먼트와 중국집은 전혀 다른 영역에 있는 세계다.

당연히 서로 만나서 투자를 하거나 인사를 하거나 할 일도 없다.

"매년 최소 5억 이상의 손실을 감수하면서 가게를 운영해 국회의원들에게 수십억의 정치자금을 뿌리고, 동시에 마이너스를 감수하고 중국 찬양 드라마를 만드는 사람이라니, 재미있지 않습니까?"

노형진은 빙긋 웃었지만 무태식은 웃을 수가 없었다.

"그러니까, 여기가 중국의 스파이 조직이라 이겁니까?"

노형진은 미다스의 대리인이다. 그리고 미다스의 정보력은 전 세계 제일이라고 한다.

그러니 한국 정부에서 모르는 스파이를 알고 있는 것도 이상한 일이 아니다.

하지만 노형진의 말은 그의 상상을 뛰어넘었다.

"스파이라……. 스파이라면 이렇게 대놓고 행동하지 않겠지요."

"네?"

"정보에 따르면 이들이 속한 곳은 중국 경찰입니다."

그 말에 무태식의 눈이 부릅뜨였다.

"중국 경찰? 잠깐, 공안 말입니까?"

"네, 맞습니다."

"공안이 대체 여기서 뭘 한답니까?"

"소문에 따르면 여기에 인원을 배치해서 여러 가지 업무를 처리한다고 하더군요. 현지에서의 중국인의 관리나 통제. 유사시에는 강제송환 같은 것도."

그 말에 무태식의 심장이 덜컥 내려앉았다.

"그건 불법 아닙니까?"

타국에서 한 나라의 공권력이 행동하는 건 불법이다.

당장 한국만 해도 명백하게 범죄자이고 상대 국가가 범죄인인도 조약을 맺은 나라임에도 불구하고 직접 데리러 가지 못하고 상대 국가에 인도를 요청한다.

당연히 그 과정에서 지루하고 지난한 재판도 거친다.

직접 가서 잡아 오면 편한 걸 몰라서 그러는 게 아니다.

남의 나라에 경찰력을 투입한다는 건 심각한 주권 침해 사항이기 때문이다.

"그게 문제죠. 중국은 전 세계를 자기 속국쯤으로 생각하니까요."

"전 세계? 설마?"

"한국뿐만 아니라 거의 대부분의 나라에 이런 조직이 있다고 하더군요."

중국인이 있으면 무조건 이런 조직이 있다.

그게 본래 역사에서도 드러난 사실이었다.

아직은 누구도 인식하지 못하고 있는 모양이지만 말이다.

오죽 맛이 없으면 인터넷의 평가가 '여기는 음식 장사하려고 운영하는 것이 아니다.'일까?

그런데 실제로 그랬으니, 그 평가를 단 사람은 의외로 독심술 같은 능력이 있는 것인지도 모른다.

"아무리 생각해도 불법인데요."

"언제부터 중국이 그런 데 신경 썼습니까?"

그 말에 무태식은 아무런 말도 못 했다.

중국은 돈만 된다면, 그리고 이득만 된다면 뭘 해도 된다고 생각하는 문화가 엄청나게 강하다.

타국의 권리나 주권?

중국이 그런 데 신경 쓰는 나라였다면 이토록 전 세계에서 고립되지는 않았을 거다.

"확실한 겁니까?"

"글쎄요."

"네?"

"모든 게 확실한 건 아닙니다. 하지만 가장 의심받는 장소인 건 사실이죠."

어쩔 수가 없는 게, 회귀 전에는 이 시기쯤이 노형진이 미국에서 잘나가던 시기였다.

한국 뉴스를 보지 않은 것은 아니지만 그렇다고 그걸 계속 파고든 것도 아니었다.

'그러나 여기가 그곳일 거라고 의심하는 글은 분명 봤지.'

심지어 걸렸을 때 그들이 이상한 행동을 한 것이나 그 오랜 적자에도 무려 13년이나 버티던 가게를 다급하게 닫는 등 이상한 짓을 한 것도 알고 있다.

더군다나 13년이나 한국에서 살았다는 놈이 한국어를 단 한마디도 못했다는 소식도 봤다.

'하지만 결국 언론에서 그 후에 입 닥쳐 버렸으니까.'

어째서인지 언론에서는 그 후로 관련 소식이 보도되지 않았다.

노형진이 추측하기로는, 이게 인정되면 정부에서 중국에 항의를 하지 않을 수가 없으니 정치적 부담을 회피하기 위해 언론의 입을 닥치게 한 거라고 의심할 수밖에 없었다.

'뭐, 그건 내가 알 바 아니고.'

중요한 건 만일 누군가가 리티엔을 납치했다면 이놈들이 가장 유력한 범인일 거라는 거다.

"음······."

그걸 아는지 모르는지 무태식은 상당히 껄끄러운 표정으로 주변을 둘러보았다.

아까와 다르게 경계의 눈빛으로 살펴보자 확실히 뭔가 다른 느낌이 드는 가게였다.

"여기 어딘가에 리티엔이 있을까요?"

"그건 아닐 겁니다. 하지만 여기에 있는 직원들이 관련되어 있을 가능성은 무시 못 하죠."

"하지만 어떻게요?"

"간단한 거 아니겠습니까? 제가 말씀드렸잖습니까? 그들의 업무 중 하나가 범죄자의 송환이라고."

그렇게 말하면서 느긋하게 놀고 있는 직원들을 바라보는 노형진.

그리고 그 시선을 따라가는 무태식의 눈동자.

그제야 무태식은 이상하다는 생각이 들었다.

단순한 직원일 뿐이었다. 중국집에서 서빙을 하거나 배달을 하는 사람들.

그런데 이제 보니 그런 사람들의 몸이 너무나도 좋았다.

왜 저렇게 좋은 걸까? 누가 봐도 단단하게 운동한 사람들의 몸매다.

무태식도 운동을 해 봐서 안다.

저들은 분명 상당히 체계적인 훈련을 한 몸매를 가지고 있다.

자세 역시도 편해 보이지만 그렇다고 해서 완전히 풀어진 것은 아니다.

"만일 무태식 변호사가 한국에서 매년 1만 명 이상을 송환해야 한다면 어떤 방식을 쓰겠습니까?"

납치는 불가능하다.

한국 경찰이 아무리 무능하다 해도, 실종자가 매년 1만 명

이상 발생하는데 그걸 마냥 무시할 수는 없다.

"문제는 그것만이 아니죠."

일단 상대방을 협박해서 잡았다고 치자.

그러면 그 사람을 한국에서 중국으로 어떻게 보낼 것인가?

밀항선에 태워서?

물론 한두 명이야 그렇게 은밀하게 보낼 수 있을 거다.

하지만 매년 1만 명 이상의 송환자가 발생한다.

"그리고 그런 송환 사범이 과연 죄다 그냥 잡범일까요?"

"그럴 리가 없죠."

도둑질하고 폭행하고 살인해서 한국으로 도망친 놈들이라면 중국에서 비밀경찰까지 동원해서 잡으려 할 이유가 없다.

그런 놈들은 한국에 정보를 넘기면 한국에서 알아서 잡아서 송환해 준다.

중국이 잘 지키지 않을 뿐이지, 한국과 중국은 범죄인인도조약이 체결되어 있기 때문이다.

"그런 놈들이야 어딜 가나 범죄자니까 강제로 송환하는 게 어렵지 않습니다."

하지만 비밀리에 처리해야 하는 존재들, 즉 정치범들은 어떻게 보낼까?

국경이라도 맞대고 있다면 가능하겠지만 그건 아니다.

북한을 거쳐서 보내는 것도 불가능하다.

"협박이군요."

"인터넷에 종종 올라오는 우스갯소리가 있죠."

누군가 중국에 대한 안 좋은 말을 부정하지 못하면 따라붙는 인터넷 밈, '중국에 가족이 있습니다.'

그런데 그 밈이 진짜로 농담일까?

물론 한국에서야 농담일 거다.

하지만 과연 그게 중국에서도 농담일까?

공산당에서 인정하지 않는 종교를 가졌다는 이유로, 한족이 아니라는 이유로, 신장위구르에서 태어났다는 이유로 장기가 털리고 팔려 나가는 게 중국 국민의 현실이다.

그런데도 그걸 과연 농담으로 치부할 수 있을까?

"그 영상에서 보셨죠? 리티엔은 다급하게 뛰어 나갔죠."

그리고 택시도 타지 않고 내달렸다. 마치 기다렸다는 듯이 말이다.

"전형적인 협박당한 사람의 행동입니다."

"으음……."

"주호원 씨가 리티엔 씨에 대해 말할 때 가족에 대해서는 언급하지 않았습니다."

"그랬죠."

"그리고 리티엔 씨는 중국에서 납치당할 뻔하고 다급하게 한국으로 탈출했다고 했죠."

"네."

"그러면 가족들도 탈출했을 가능성은 얼마나 되겠습니까?"

"없겠군요."

분명 가족은 아직 중국에 있을 거다.

그러니 중국에서 돌아오지 않으면 가족들을 죽이겠다고 협박했을 가능성이 아주 크다.

아니, 100% 그랬을 거다.

"실제로 탈북민들 중에도 그런 협박에 넘어가서 다시 북으로 가는 이들이 있었지요."

그리고 그들은 북한에 의해 온갖 고문과 구타를 당하고 언론을 통해 '남조선이 지옥 같아서 다시 수령님의 품 안으로 돌아왔습니다.'라는 마음에도 없는 말을 하게 된다.

"그리고 마지막에는 결국 정치범 수용소행이지요."

말이 수용소지 그냥 끌고 가서 죽여 버린다.

그나마 곱게 죽이는 게 다행이랄까?

"그런데 과연 중국이 그런 협박을 안 할까요?"

아직 가족이 자기들 품 안에 있는데?

"그럴 리가 없죠."

이익을 위해 타국의 정치인들도 협박하는 게 중국이다.

그런데 자국의 정치범에게 협박을 하지 않을 리가 없다.

자신의 목숨을 걸고 싸울 사람은 종종 있겠지만 가족의 목숨까지 걸어 가면서 싸울 수 있는 사람은 거의 없다.

"더군다나 리티엔은 산모가 아이와 함께 죽어 가는 것을 보고 당에 회의감을 느낄 정도로 이타적인 사람입니다. 그런 사람이 가족에 대한 위협을 무시할 수 있을까요?"

가족을 죽인다고 했다면 당연히 헐레벌떡 뛰어나갔을 거다.

"대부분의 사람들이 그 협박에 굴해서 중국으로 갈 겁니다."

그들은 죽을 걸 알면서 가야 하지만 한국 입장에서는 실종이 아니라 출국인 만큼 조사할 이유도 없다.

"그렇다면 리티엔 씨가 벌써 중국으로 갔을까요?"

"아닐 겁니다."

그랬다면 주호원이나 경찰에서 벌써 알았어야 한다.

"그렇다고 몰래 보내기도 쉽지 않죠."

밀항선을 움직인다 해도 한국 정부의 눈을 피해야 하니까.

"더군다나 지금 중국 정부는 비밀을 감추고 싶어 합니다. 그게 뭔지는 모르지만, 한국에 있겠지요."

무엇보다 리티엔은 뛰어나갈 때 빈손이었다.

"아마 그게 어디에 있는지부터 알아내려고 할 겁니다."

어딘가에서 모진 고문을 당하고 있을 가능성이 크다.

"그러니 그를 찾아야지요."

노형진은 그렇게 말하면서 멍하니 TV를 보고 있는 직원들, 어쩌면 중국의 스파이인 놈들을 바라보았다.

"아마 저놈들이라면 거기가 어딘지 충분히 알 것 같네요."

다음 권으로 이어집니다

꿈의 도약, 로크에서 하십시오
(주)로크미디어에서 신인 작가를 모십니다

즐거운 세상, 로크미디어는 꿈을 사랑하고 도전을 두려워하지 않는 작가 분들의 참신한 작품을 기다리고 있습니다. 21세기 장르 문학계를 이끌어 갈 차세대 선두 주자 (주)로크미디어에서 여러분의 나래를 활짝 펴 보시길 바랍니다.

모집 분야 판타지와 무협을 포함한 장르 문학
모집 대상 아마추어 작가, 인터넷 작가
모집 기한 수시 모집
작품 접수 시 유의 사항
　 1. 파일명은 작가명_작품명.hwp형식을 갖춰 주십시오.
　 1. 파일에 들어갈 내용은 다음과 같습니다.
　　 ― 성명(필명인 경우 실명을 밝혀 주세요), 연락처, 이메일 주소
　　 ― 제목, 기획 의도
　　 ― A4용지 1장 분량의 등장인물 소개
　　 ― A4용지 2장 분량의 전체 줄거리
　　 ― 본문
　 1. 작품이 인터넷에 연재되고 있다면, 게시판명과 사이트의 구체적이고 　　 정확한 주소를 기재해 주십시오.

선택된 작품은 정식 계약 후 출판물로 간행되어 전국 서점에 유통됩니다.
작가 분은 (주)로크미디어의 전폭적인 지원하에 전속 작가로 활동하시게 됩니다.
※ 자세한 내용은 로크미디어 홈페이지(rokmedia.com)를 참조하세요.

（04167）서울시 마포구 마포대로 45 일진빌딩 6층
(주)로크미디어 편집부 신간 기획 담당자 앞
전화 : 02) 3273-5135
www.rokmedia.com　　이메일 : rokmedia@empas.com